Habib Tengour

Der Alte vom Berge

gefolgt von

Nacht mit Hassan

Aus dem Französischen übersetzt,
kommentiert und mit einem Nachwort
von Regina Keil-Sagawe

sujet verlag

Originalausgabe
„Le Vieux de la Montagne suivi de Nuit avec Hassan“

Die Übersetzung wurde gefördert mit Mitteln des
Centre National du Livre (Paris)

CIP - Titelaufnahme in die Deutsche Nationalbibliothek

Habib Tengour
Der Alte vom Berge
Aus dem Französischen von Regina Keil-Sagawe
ISBN: 978-3-96202-015-6

Lektorat: Stephan Egghart, Hans Thill
Satz und Layout: Christian Oehl
Umschlaggestaltung: Jasmin Tank
Druckvorstufe: Sujet Verlag, Bremen
Printed in Europe
1. Auflage: 2019

www.sujet-verlag.de

Die Poesie ist das echt absolut Reelle.
Dies ist der Kern meiner Philosophie.
Je poetischer, je wahrer.

Novalis

Ein Text bürdet sich kein Vorwort auf. Er ist, was er ist. Frei. Was sein Autor über ihn sagen kann, ist oft ziemlich folgenlos. Der Leser ist vielleicht eher in der Lage, ihn zu erspüren. Sofern er bereit ist, sich gleiten, sich hineinziehen zu lassen in die zweckfreie Notwendigkeit. Eine Bereitschaft, die gewollt sein will, sich nicht von selbst versteht, weil viele Leser gar nicht hinhören, abgestumpft durch die tagtägliche, brotbettelnde Nicht-Existenz. Der Autor wiederum tut gut daran, nicht zu sehr auf sich selber zu hören; jedes Hineinfallen in den Spiegel wäre tödlich.

Gewiss, ich fabuliere!

Ein Rezept gibt es nicht. Es schlägt sich jeder so durch, mit den Mitteln, die er angehäuft hat, und in Sachen Akkumulation, da hat sich eine Klasse ganz besonders hervorgetan.

Ob es nun geschrieben stand seit aller Ewigkeit, offenbart wurde oder entdeckt, ob man es gelernt hatte oder schlicht wusste, aus Erfahrung oder Instinkt: die Diskussion ist eröffnet, und man komme ja nicht und schlage uns gleich beim ersten konkreten, umfassenden, sich als einzigartig begreifenden Vorschlag die Tür vor der Nase zu. Die Weisheit gebietet, dass die Rose sich in sämtlichen Nuancen des Verbrechens verströme, zum besonderen Glück der Luft, und dazu braucht es die Unterscheidung der Düfte und Farben.

Ich bin kein Botaniker, aber ich habe meine Vorlieben und Abneigungen.

Zum Beispiel mag ich es nicht, wenn sich einer in Geschmacksfragen auf das Volk beruft, nur um dann den eigenen Geschmack als den einzig wahren durchzusetzen, während ich selbst - ein Leichtgewicht - ungewarnt attackiert werde, und man mir einen Geschmack unterstellt, der mir keineswegs schmeckt. Man nennt mich nüchtern, wohl wissend, ich bin kein Kamel, nennt mich genügsam, während man die Fleischpreise hochsetzt.

Musik gilt als seicht und oberflächlich, doch sie versetzt mich in Trance, und Sexualität als anstößig, doch ich selber bin ein sexuelles Wesen. Vielleicht wäre ich besser nicht auf der Welt, zur Beruhigung all derer, die es sind.

Das Volk ist eine Katastrophe! Wie viele perfekte Demokratien gäbe es, wenn nur das Volk nicht wäre, das den Trank trübt, wie das Lamm in der Fabel!

Was soll man groß sagen, wir sind dazu verdammt, uns fern der Unendlichkeit im Kreis zu drehen. Natürlich mit unserem Einverständnis, denn bei uns geschieht alles ja immer auf die sanfte Tour.

Wir haben ja keine Zensur und jede Menge Autos.

Jene, die trinken, sagen, wir hätten den besten Wein. Zwar sei die Qualität leicht zurückgegangen, aber die Önologen aus dem Norden werden es schon richten.

Die schönsten Mädchen (und sie sind es alle) setzen sich ab vom feuchten Ufer des männlichen Blicks, dem traurigen, mythomanen Jäger. Sei's drum, wir sind fantasievoll, kreativ, geschichtsbeladen, verfügen über Erdöl und kostbare Erze. Ein gnädiger Gott hat uns auserwählt, ihn zu lobpreisen (das Erstgeburtsrecht stand leider unseren Cousins zu). Es werden Moscheen gebaut, die aussehen wie Hochzeitskuchen.

Wir wären wohlhabend und fehlerfrei, wäre nicht die krasse Dummheit eines aufrührerischen Raben dazwischengekommen. Was uns freilich nicht hindert, Kinder in die Welt zu setzen, auf den Straßen ist für alle Platz.

Mir gefällt es, wenn die Liebespaare kopfüber, kopfunter durch die Stadt flanieren, mit geballter Faust, denn die Tristesse unserer Städte rührt daher, dass sie nicht demonstrativ genug sind. Betonmagma ohne Grün. Wir haben das „arabische Telefon" perfektioniert, um ein wenig Spaß zu haben und uns in fruchtlosen Spekulationen jeder Art zu verlieren. Wir alle wissen, die Krankheit ist ernst, doch wir bevorzugen die Sorglosigkeit derer, die ahnungslos sind. Das beruhigt uns.

Mit aller Entschiedenheit setzen wir uns selbst ins Aus.

...

Besonders hasse ich diese eine Bemerkung, die so oft fällt: „Ach du, du willst immerzu alles verstehen!"

Das Drama besteht darin, dass wir eben nicht den Mut haben zu verstehen, wie uns geschieht.

Die Poesie ist sicherlich nicht der einzige Weg, doch scheint sie mir der einzige Ausweg zu sein.

Vielleicht kommen wir ja bei Gelegenheit darauf zurück.

3. Oktober 1981

1

Canal de l'Ourcq. Gleich die erste Straße, wenn man vom Uferweg hochkam, führte nach Alamut, einem Abrissviertel ...

Was meine Aufmerksamkeit auf das Gebäude lenkte?

Beharrlichkeit einer Blessur.

Ein einziges Fenster war nicht zugemauert, ein befremdlicher Vorhang - bunt schillernde Schuppen - gab den Blick auf ein geräumiges Zimmer frei.

Die Straße war eine Baustelle, schwer zugänglich, und ich wunderte mich, dass dort überhaupt jemand wohnte. Ich kam täglich, um verstohlen Ausschau ich weiß nicht wonach zu halten, dich mir erhoffend, mit stechendem Schmerz. Doch nie zeigte sich irgendwer, irgendwas. Vermutlich ließ mein gewaltsames Warten die Luft in reglosen Linien erstarren.

Abwehrreaktion einer bedrängten Atmosphäre.

Kein Mensch war zu sehen, nur die maghrebinischen Bauarbeiter, die um fünf Uhr nachmittags die

Baustelle verließen, während in der Straße eine Tristesse hängen blieb, von der mir anfangs leicht übel wurde - wer als Besucher ein Zimmer in einem dieser Gastarbeiterhotels betritt, kennt ihn nur zu gut, diesen Brechreiz, den man vor seinen Gastgebern linkisch zu verbergen versucht.

Dann begann ich diesen Moment irgendwann zu mögen, ohne das Warum zu ergründen. Es war wie ein sanftes Sich-Verströmen, dessen Süße mich lähmte. Brüsk überfiel mich die Nacht in diesem gigantischen Gewirr aus Eisenschrott und feuchter Erde.

Lange habe ich nicht begriffen, wohin der Weg ging. Unter einem Vorwand verdrückte ich mich und begab mich, während meine Füße im Wasser plantschten, für die Dauer eines Verstecks auf Reisen. Immer hatte ich dabei ein Buch zur Hand, in dem ich nie las.

Badra durchschaute meine Spielchen nach drei Wochen Zusammenleben, während derer sie mir auf die Schliche kam. Sie sah, wer ich war. Sezierte mich. Seine Neigung, in der Versenkung zu verschwinden, würde Omar in die absolute Abwesenheit führen - eine Art literarischer Projektion, die dem Blick Saft und Kraft nimmt. Er hatte begonnen, Dichter zu imitieren, die er beneidete, und sich ein Selbstbild zurechtgeschneidert, das ihn in seinem Zögern begleitete. Auf die Art kann sich jeder in einem Traum verheddern, der kaum mit ihm selbst zu tun hat.

Ein Dasein, dem sich nicht ausweichen ließ, und dessen Anblick schmerzt. Und du, nichts weiter zu tun als zuzuschauen. Dressur.

Du wirst wohl nie erwachsen werden, bemerkte Badra.

(Dann der Erfolg in Nischapur.)

Einen Voyeur mit regloser Seele hatte das monatelange Lauern aus mir gemacht. Einen zugefrorenen Tümpel. Eine Saline ohne Widerschein. Aus Angst, dieser Zustand könne sich noch verschlimmern, beschloss ich, aktiv zu werden.

Ich klopfte an die Tür des Gebäudes. Es kam keine Antwort, obwohl im Fenster Licht war. Sie ließ mich zappeln. Das Geländer schwankte. Ich trat gegen die Tür. Schweigen. Die Straße, träge. Ich sammelte Kies auf und schleuderte Steinchen gegen die Scheibe. Sie zersplitterte. Ich hatte meinen Wurf falsch berechnet.

Ich hörte einen Schwall Flüche, und Hassan kam heraus.

Jener Hassan, dem Alamut seine Berühmtheit verdankt.

...

Wir orderten ein paar Gläser Bier in der *Alamut-Bar*, deren Inhaber, ein alter marokkanischer Emigrant, uns mit gesalzenen Erdnüssen und Kichererbsen mit Kumin verwöhnte.

...

Später gesellte sich dann, ein wenig schüchtern, noch Abu Ali zu uns.

Sie spielten Flipper, tranken viel und beschrieben in blitzenden Worten ihre Zukunft.

An einem antriebslosen Abend gossen sie Blut in einen schmutzigen Becher, den Omar in einer Taverne am Platz der Märtyrer hatte mitgehen lassen. Für ein Abenteuer von ungewissem Ausgang, wie ihnen dunkel schwante. Die Idee stammte von Hassan, der sie für immer zusammenschweißen wollte, war ihre Begegnung doch ein lange vorherbestimmter Zufall gewesen. Omar trank, um auf andere Gedanken zu kommen, und Abu Ali aus Zuneigung zu den beiden Älteren, die ihn beunruhigten.

Danach besuchten sie noch ein Bordell im Viertel der Messingschmiede und vergnügten sich mit derselben Frau, die sie per Würfelwurf ausgewählt hatten (eine Ejakulation wie eine Rasierklinge, um die Wahrheit zu sagen, Aaah).

... Im Morgengrauen irrten sie ziellos am Stadtrand von Nischapur umher, in der Nähe des Neuen Tors.

Das *Café der Jugend* öffnete zur Stunde des Morgengebets. Eine lange wacklige Bank, gegen eine Wand geschoben. Der Tunesier thronte in seiner engen Budicke zwischen Café und Moschee im Ocker der

Karbidlampe vor seinem Teig. Ein leichter Dunst verjagte das Nachtblau und gab dem leeren Platz sein normales Aussehen zurück.

Omar kaufte Beignets und spendierte zwei Runden Tee.

Sie waren die einzigen.

... Dann trennten sich ihre Wege.

Hassan nahm ein braunes Taxi nach Ghom, Abu Ali den Bus nach Bagdad.

Omar war noch in Nischapur, als der Tag anbrach.

...

2

Der Alte vom Berge wird sein das Gedicht der Einsamkeit des weißen Lichts, das mitten ins Herz trifft wie ein kleiner scheinbar harmloser Stich, ein Ekelgefühl, das dich an der nächsten Wand Halt suchen lässt.

Das Schwinden der Sinne ist nicht die schlimmste Empfindung, denn darauf bist du vorbereitet (...) du hast schon nervös eine Zigarette gezückt und hältst nach einem Passanten Ausschau, der dir Feuer geben könnte ...; doch wie steht es ums Wohlgefühl, wenn der Körper sich entleert ...?

Hieße das, die Suche näherte sich ihrem Ende?

Du hast nichts dabei gewonnen, falls du je damit gerechnet hast, und bleibst ratlos, wehrlos zurück, verfälscht wie das unbeschriebene Blatt. Die Absichten sind nichtig, die Sichtweisen sinnlos, die Ergebnisse lachhaft.

Du beschäftigst dich, denn du hältst dich für schlauer als die meisten, gewiss wirst du reüssieren, wirst allen zeigen, was du taugst und sämtliche Lügen aufdecken. Man wird dir zuhören.

Doch du weißt, das ist nicht wahr.

Du bist anfällig und morsch wie dein ganzes Konstrukt, ohne die Möglichkeit, einen Rückzieher zu machen, dazu verdammt, deine Träume in die Tat umzusetzen statt sie zu träumen.

Sorgsam enthüllte Indizien.

Erschreckende Banalität kurzer Lichtblicke.

(Ein Überfall, das Opfer ruft Hilfe!
du bist nicht da.)

Für Hassan as-Sabbah bedeutet inspirierte Einsamkeit die Rettung vor dem Tod.

Der Preis: das mystisch Absolute - der BRUCH.

In der Ruine der Bergfestung Alamut bleibt er auf ewig der Letzte Wächter, weil er Gott verwechselt hat in seinem zerrissenen Gewand.

Wüstenei. Ohne Bedeutung der sich erneuernde Schatten.

Omar Khayyam trifft nie eine Wahl. Er langweilt sich, in Bagdad wie in Nischapur. Die Dinge entgleiten.

Aus purem Starrsinn vergräbt er sich in Nischapur.

Dort wird er als Mathematiker und Astronom geschätzt, was seiner Eitelkeit schmeichelt, seiner Geltungssucht.

Er liebt und er trennt sich und liebt es sich zu trennen, um dem Poem jenen Stempel süßen Leids aufzuprägen, das er im Geheimen kultiviert und das ihn für künftige Zeiten hin öffnet.

Eine Angst, der er sich nicht zu stellen sucht, wird sich seiner bemächtigen, und er wird jener Melancholie nachgeben, die später das Abbasidenreich vernichten sollte.

Niedergang, das Erhabene spottet seiner Seele.

Einsamkeit ist eine Abmahnung. Eine Gewohnheit.

Khayyam wird in Nischapur ein beschauliches Dasein führen. Nichts anderes hatte er sich gewünscht als diese Verflachung des Blicks.

Nizâm al-Mulk, er ist der Held
Gesund/ Fleißig/ Intelligent/ Redlich/ Gründlich/ Bescheiden/ Gutaussehend.
Voller Leben, Vitalität, Charme und Humor.
Sensibel und den anderen zugewandt, wahrt er in höchsten Staatsämtern stets die Distanz.

Abu Ali trug seinen Titel ohne Anmaßung.
Er heiratet Badra, die ihn lieben wird,
die weder Hassan
noch Omar zu lieben verstanden.

Nizâm al-Mulk ist perfekt.
Alle Welt liebt ihn.
Hassan lässt ihn ermorden.

...

Badra ist unbeschreiblich wie die Frau, die man liebt.

...

3

Das hier ist eine wahre Geschichte.

Warum bedrängt sie mich Jahrhunderte danach sie neu zu durchleben in einem trostlosen Traum?

(Für uns, die wir als Kinder damals in Tigditt für Abenteuer schwärmten und beim leistesten Geräusch den Tod kommen sahen, war ein Film, der von realen Ereignissen erzählte, immer ein guter Film. Eine wahre Geschichte, das garantierte Seriosität und Qualität. Man konnte darüber diskutieren, sogar bedeutende Überlegungen anstellen. Der ungestillte Durst nach wegweisenden Maximen. Wir wussten, das Kino konnte während der Vorführung in die Luft fliegen ...

Bis heute höre ich Zuschauer, die aus dem Kino kommen, respektvoll diese Bemerkung machen.)

...

„Ich bin der Wahre“, hatte al-Hallâdsch gesagt. Und die Seelen zerbrachen, als es bebte. Die Menge war wie betäubt. Sie reklamierte die Opfergabe, ein klar bemessenes Zeichen aus alter Zeit.

...

(Ein merkwürdiger Traum, bar jeder Exotik, frei.)

4

Das Einfache entsteht in einem langen Prozess abgewiesener Offensichtlichkeiten.

Ehrfurcht, ein Schimmer, der im Tautropfen erlischt.

Die Dichter der Dschâhilîya hatten vier Jahre Zeit, um an ihrem Gedicht zu feilen, das am Ende niemand zur Kenntnis nähme, denn nur eine einzige Qasîda wurde öffentlich ausgehängt. Von kläglicher Vergeblichkeit, diese Goldfäden. Das HAUS zerbarst schier unter dem Lärm des Angebots. DICHTERWETTSTREIT. Heutzutage gibt es solche Muallaqât in unüberschaubarer Zahl, staubige Banderolen mit fahlen Slogans, armselig kalligraphiert. Worte, denen kalter Büromief entströmt.

Die Meister der Schrift.

Aufwertung eines Stils, der nichts gemein hat mit dem naiven Tumult der Plätze, die inzwischen längst nur noch zum Parken dienen.

Wen hält man zum Narren? Und warum?

Die Straße ist Angst, die unter der Sonne explodiert, und ein jeglicher beschuldigt den Nachbarn einer Achtlosigkeit, die allen zum Nachteil gerät.

Wir waren schon so weit, einander dafür zu verfluchen, dass wir uns die Strahlen derselben schwarzen Sonne teilten, die ein eifersüchtiger, jähzorniger, lästiger Vorfahr einst an einem bleiernen Himmel aufgehängt hatte.

... Khayyam verlor jedes Interesse an den Veränderungen im Reich, konzentrierte sich ganz auf sein persönliches Leid. Er wusste, dass sein Rückzug schwerwiegende Folgen hätte.

(Sollen sich doch die anderen erheben. Die anderen.)

Hassan wollte alles umstürzen, seiner erstaunlichen Vision unterordnen.

Ein Erleuchteter!

Allein Abu Ali verstand es, sich den Anforderungen der Lage zu beugen und der allgemeinen Niedergeschlagenheit etwas entgegenzusetzen.

Diese Zeit war hart.

Das politische Leben, das sich auf nichts als schäbige Palastintrigen beschränkte, riss niemanden mehr mit. Die Fürsten wurden von Eunuchen gekürt, ohne dass es den Lauf der Dinge irgendwie beeinträchtigte. Die Parteien überlebten im Windschatten der großen Reden.

...

Ich erlosch im Licht, in einem scharlachroten Riss, einem Intaglio, dem ich geduldig, Kerbe um Kerbe, Form gegeben hatte. So hoffte ich, dem SCHICKSAL alles Besondere zu nehmen. In den Zustand zweckfrei heiteren Genusses zu gelangen, um ohne Schrecken noch Scham bei den Wörtern anzulanden. Tränenreiche Blicke, schon bereit, alles aufzugeben, hingen am Anker eines Übermaßes an gewollter Ambiguität.

Nur weg von hier. Weit weg.

Ich verließ Alamut wegen einer angeblichen Meinungsverschiedenheit mit Hassan, den ich doch liebte.

Er hatte in einem der Dachböden seiner Festung ein Labor einrichten lassen, damit ich meinen Forschungen nachgehen konnte, die ihn interessierten. Er wollte meine Entdeckungen nutzen, die Richtigkeit seiner Doktrin zu beweisen.

Ich verstand seine religiösen Interpretationen nicht und verurteilte seine Pläne, weil sie mir einen mörderischen Schrecken einjagten.

Ich hatte Angst, denn wenn wir Hassan folgten, müssten wir alle sterben, von der Flamme verzehrt.

Ich nannte tausend Vorwände. Billige Erklärungen, um zu kaschieren, wie stark seine Anziehungskraft in Wahrheit auf mich war. Vielleicht ertrug ich ja wirklich weder den Lärm noch den Geruch des Haschisch.

Ich hatte Angst, wagte aber nicht, es einzugestehen.

... Hassan hatte versucht, mich zu überreden, bei ihm zu bleiben. Unsere langen Diskussionen zerrissen mich innerlich, denn ich hatte ihm keine Argumente entgegenzusetzen.

Ich wollte einfach nur in der Ruhe von Nischapur leben.

Eine normales Gefühl der Anhänglichkeit an die Stadt.

...

Die Sehnsucht nach den zurückgelassenen rauchenden Trümmern war nicht mehr zeitgemäß.

5

Der Alltag verschob den Traum.

Ich hatte nichts zu tun. War geistesabwesend, wie ein Zeuge im Wartestand.

Wir hingen häufig in der *Alamut-Bar* herum. Die Preise waren niedrig und die Gäste amüsant. Der Wirt meinte es gut mit uns.

... Die Gäste kommentierten lautstark die jüngsten Neuigkeiten: ein Mongoleneinfall, der unmittelbar bevorstehe. Es würde eine Generalmobilmachung ausgerufen, die Grenzen würden dichtgemacht. Niemand schien daran zu glauben. Es war eher ein Gegenstand für Scherze. Keiner von ihnen hatte je einen Mongolen gesehen oder konnte sich auch nur vorstellen, wie sie wohl aussehen mochten.

Was uns nicht davon abhielt, auf ihr Wohl zu trinken.

Die Stammgäste der *Alamut-Bar* hatten das Mongolenspiel erfunden, das darin bestand, sich zu verkleiden: Zum Sieger ernannt wurde derjenige, der den furchterregendsten Auftritt hinlegte. Mehrere Tage lang kam es zu abstrusen, kuriosen Szenen. Die anschließenden Besäufnisse waren oft von grauenhafter Tristesse.

Zu jener Zeit traten die Frömmler noch nicht auf den Plan, um jeden anzugehen, der Alkohol trank.

Und am Tresen blieb ein Glas niemals länger als eine Minute leer.

Ich lernte zu trinken.

Und doch verließ ich Alamut ...

Zum Gehen bewegte mich: ein Vorfall, den ich erst noch zu entschlüsseln hätte:

Hassan pochte an die Tür
Draußen die Nacht finster und kalt
Omar hörte nichts er spie den sauren Wein aus in die silberne Schüssel und schwankte im Spiegel
Mach auf Mach auf Mach auf
Hassan schrie sich in der Dunkelheit die Kehle aus dem Leib und schlief zuletzt auf der Türschwelle ein ...
Im Morgengrauen öffnete Omar durstig die Tür
Bei Hassans Anblick zerriss er seine Tunika und heulte laut auf ...

Drinnen bedrängte mich ein Blick. Nichts wie weg von hier.

Als wir uns trennten, schenkte Hassan mir einen Mantel.
Du wirst frieren in Nischapur, sagte er.
...

6

Wer da?

Die Tür geöffnet, unstet pendelnd.

Die zwei schüchternen Jugendlichen hatte er sich in schlaflosen Nächten in seiner Fantasie ausgemalt, um der Depression zu entgehen. Eine Art, das Leben zu umarmen, so sagt man. Khayyam wurde von widrigen Träumen gequält, unfähig zu jeder Bewegung. Hin- und hergerissen war er, krümmte sich in einer uralten Klage.

Die Luft war heiß. Nicht ein Hauch.

Die Wohnung war groß und hell, wie er es sich in seiner ärmlichen Jugend gewünscht hatte.

Er war in Schweiß gebadet. Stand vor der Tür.

Herein!

Keiner da. Für ihn ein Vorwand, von der Vergangenheit zu reden.

Eine Geschichte mit Pointen von vorgestern.

Allerdings muss man erzählen können / im Sandkorn den Berg aufzeigen, was Erfahrung voraussetzt.

Eine Geduld, die das Gedächtnis in die Enge treibt. Und der Zweifel nistet sich ein. Ein nagender Teilhaber.

Schmerzliche Fülle der Erinnerung. Die Überwachung einer in Tränen aufgelösten Zukunft verschärfen. Der Augenblick, tot. So viel vollendetes Bedauern, trügerischer Einklang. O du flüchtiges Gekräusel.

... ein langer Tisch, der sich unter den Wonnen sarazenischer Orgien bog.

So viel verpasste Gelegenheiten.

Einsamkeit ist keine gute Sache, deklamierte er, da der Spiegel erbebte, doch wie sich zum Töten entschließen, um selber zu leben? Wie den sagenhaften Gefangenen aus der Lampe befreien? In dir lebt weiter ein tiefsitzender Schmerz, der den Irrsinn deiner Ahnen zelebriert, dem nachzutrauern, was niemals war. Oszillation. Eine minutiös erarbeitete Figur. Ganz elementar. Eines Tages wird sich alles klären (dachte ich) und mit perverser Verbissenheit entknotete ich einige Jahre, um am Ende daran zu sterben, dass wir uns auf brutale Weise verunsichert hatten.

Es war eine Lust an der Selbstauflösung, die ich noch nicht so ganz überblickte. Beunruhigt beobachtete ich uns.

Was willst du denn beweisen, fragte sie.

Die Unmöglichkeit meines freien Willens, entgegnete ich.

Sie ohrfeigte ihn. Und er schlug sie mit einer Brutalität, die ihn selbst überraschte. Sie umklammerten einander, um sich zu würgen, spien sich ihren Hass ins Gesicht, zerfressen von Begierde. Voneinander durchdrungen rollten sie über den Boden. Ein Schrei.

Einst liebte ich dich.

Und du liebtest mich noch mehr.

Du gingst eine Treppe hoch, und ich zerschrammte darum wissend das Geländer, nicht wissend, wie ich vermocht hatte dir nachzugehen, meine Jacke auszuziehen und zu reden. Reden und reden. Lächerlicher Schwall.

Über Jahre hinweg hielt dieses Geländer meinem Rausch stand. Ein Verbündeter, der mich davon abhielt, unter Tränen zusammenzubrechen. Eines Abends aber verweigerte mir die erste Treppenstufe ihren Halt.

Recht geschah mir.

Ein verstauchter Fuß.

Also, von früher reden ... Zu wem.

An jenem Abend schleppte Badra Khayyam bis in den vierten Stock hinauf. Er war betrunken, ihm war speiübel. Sie ließ ihn sich ins Spülbecken in der Küche übergeben, wusch ihm das Gesicht und legte ihn schlafen.

Empyreumatische Sicht der Dinge.

...

7

Obwohl es unterschwellig gärte im Reich, waren die Völker tragisch geeint in der Rebellion gegen die Zersplitterung der Seele. Wütende Unterwerfung unter die eifersüchtige Gnade einer rettenden Gottheit.

Die Staaten beharrten stolz auf fiktiven Grenzen, ignorierten die Sehnsüchte geknechteter Herzen. Eine Tuchmacherfamilie verdiente ein Vermögen mit der Fabrikation von Fahnen.

Verherrlichung einer gehaltlosen Welt.

Eine unterjochte Literatur lotete Grenzen aus, ohne Anhänger zu finden. Ein prächtiger Schein.

Wie viele andere las auch ich keine Zeitungen mehr noch die Bücher, welche von der Zensur abgesegnet wurden, und ich vermisste nichts, sehnte mich nur nach versäumten Möglichkeiten.

Wer waren wir, zu Staub versandet im Schmelztiegel der Zeit? Alchimisten und Scharlatane, die in offenen Geheimnissen kramten!

Ein Vogelfänger wurde Kulturminister. Er hatte Papageien dressiert. Sie brachten den jungen Kadern der Nation die verjüngte klassische Sprache bei.

Hassan sprach: die Geschichte lehrt den Untergang von Zivilisationen, wenn der Krebs sich durch den Körper frisst, der die Warnungen in den Wind geschlagen ... Wo bleibt der Gesandte ... Ich werde das Zeichen sein.

Abu Ali sprach: es liegt bei uns, unser Leben dem Glanz der Sonne zu nähern, bedachtsam bereitete Zierde im fühllosen Angesicht eines verborgenen Gottes.

Was kümmert der Preis!

... Meine Wissenschaft brachte mich ab von den erklärten Zielen des Wissens, eitles Trachten im kalten Funkeln der Spiegel. Ich löste mich von allen parteiischen Argumenten, nicht aus Furcht vor Repressalien (vor der Polizei hatte ich keinerlei Angst), doch mich hatte ein agnostisches Grauen beschlichen. Wissen war Melancholie und ich begann, die Wahrheit hinter den Gemeinplätzen zu ahnen, die ich zu Beginn meiner Universitätslaufbahn nur belächelt hatte.

Meine Liebe zur Poesie bestärkte mich hierin, und verlieh mir ein zweites Gesicht für die Wirklichkeit blinder Tage.

Khayyam sprach: bei uns ist nichts so unwillkommen wie das Glück, und ich frage mich vergeblich warum.

...

8

An jenem Morgen begab ich mich zum Bazar, ich wollte ein Paar Sandalen kaufen.

Die freudlosen Mienen verstärkten meine eigene Verdrossenheit. Verschlossene Gesichter. Während des Ramadan gingen die Leute sich gegenseitig auf den Geist, alles war recht als Vorwand für einen Streit.

Aggressive Straßen.

Eine rostige Klinge.

Warum fasten, wenn einem nicht der Sinn danach stand?

Und überall Masken ...!

Ich fastete nicht, die Religion war mir gleichgültig, doch ließ ich mir nichts anmerken, denn die Gelehrten ahndeten rigoros jede Verfehlung gegen das Gesetz. Der Islam lenkte den Staat. Knebelte die Sprache.

Die Festsetzung der Bartlänge gemäß den Vorschriften der Sunna: eine weltbewegende Debatte.

Morsches, gebleichtes Gebein.

Mich beunruhigte die rechte Denkungsart, die den Blick trübe macht, eine künstliche Blendung. Das Leben.

Khayyam verweigerte sich jeder Gefälligkeit, die sein Selbst zerrüttet hätte, denn einen anderen Ort der Auflehnung gab es nicht, kristallklare Intimität.

Er hatte alles hingenommen, wie sämtliche Intellektuellen seiner Zeit.

Er war verstummt.

Er lebte zurückgezogen, das bewahrte ihn vor der Macht. Er verdiente sein Brot als Dozent in Nischapur, einem Provinznest. Angebote aus Bagdad lehnte er ab, obwohl es ihm manchmal leidtat.

Er hatte Talent und wurde oft in Fragen der Astronomie und Geometrie konsultiert. Warum grenzte er seine Lehre stets von der Staatsdoktrin ab? Er beharrte auf der Objektivität der Wissenschaft und schockierte damit die Zeitgenossen. Er liebte das Paradox. Nichts ging ihm über seine Ungebundenheit, und er litt darunter, sich in einem Reich, dem es gelungen war, die Verinnerlichung der Zensur durchzusetzen, nicht entfalten zu können. Verwirrende Fassade der Verleugnung.

Auch er wurde zum Opfer.

Er ließ mystische Interpretationen seiner Dichtung durchgehen und nahm am Geschehen teil, ohne zu widersprechen noch Partei zu ergreifen. Besessen war er nur von einem: dass sein Werk ihn später einmal nicht kompromittiere.

Die Welt spottete nur darüber. Auch er musste bisweilen über sich lachen.

...

Im Bazar herrschte Hochbetrieb.

Lungernde Gestalten. Zerlumpte Bettler. Lauernde Taschendiebe. Kinder. Alte Vetteln, in Stofffetzen gehüllt. Ein erbärmliches Gewimmel. Verstümmelung des Raums. Ich senkte den Blick, um nichts sehen zu müssen.

Ein ungeschicktes Täuschungsmanöver.

Wirrwarr von Gewürzen, triefendem Gekröse, bonbonbuntem Sirup. Der zweifelhafte Reiz des Mangels. Grelles Geschmeide. Armut.

... Der Händler im Laden stöhnte. Ich betrachtete ihn und wagte mich nicht über die Schwelle. Lange verharrte ich so. Welchen Preis hat das Leid eines Menschen?

Ich grüßte ihn schließlich.

Ohne meinen Gruß zu erwidern, sagte er: Soeben ist Bagdad gefallen.

Er spürte meine Verwirrung und klärte mich auf: die Eroberung Bagdads durch die Mongolen, die Weissagung vom Weltuntergang. Sie sind Anhänger von Iblis. Gog und Magog losgelassen auf unser Unterbewusstsein. Und all das, weil die Nachkommen von Al Abbas vom rechten Weg abgewichen sind, sie die Gemeinschaft nicht im Geist der Gerechtigkeit zu führen wussten.

Sie haben die Burda verbrannt! Den Mantel des Propheten!

Gott hat sein Haupt vor den Muslimen verhüllt!

Diese Geschichten kannte ich schon, sie hatten meine Kindheit vergällt.

Wir hatten den Prophezeiungen mit schlotternden Pupillen gelauscht. Winternächte.

Die Mongolen gibt es doch gar nicht, sagte ich, nichts als ein Hirngespinst, den Köpfen kranker Traditionalisten entsprungen. Und außerdem ist die Stadtmauer uneinnehmbar! Bagdad wird unser aller Asche überdauern. Resistenz des Materials. Vergeblich verklebt der Staub das Gedächtnis ... Es sind die Zeiten, die nicht mehr stimmen und sich an eine erloschene Kerze klammern. Das Reich zittert, statt zu frohlocken und sich frei zu fühlen, seine Nöte offenzulegen und Feuer zu fangen wie die Sonne.

Warum?

Sicher sind wir alle abgestumpft, haben die Einfachheit der ursprünglichen Gefühle vergessen ... und kommen nicht mehr heraus

aus unseren künstlichen Fesseln.

Hör auf deine Seele, du hast nichts zu befürchten.

... sind wir denn nicht in Nischapur ...?

Er weinte.

Die Mongolen sind selbst in großer Bedrängnis. Ich habe mich mit ihrer Geschichte beschäftigt, aber ich will dich nicht langweilen.

Tröste dich, mein Freund, und sag mir lieber den Namen deines Dichters

Al-A'châ, sprach er.

Ach, ich bin für Tarafa. Da siehst du es, wir leben.

Er dankte mir und überließ mir die Sandalen zu einem anständigen Preis.

...

Ich beeilte mich, zu meiner Sternwarte zurückzukommen. Die Worte des Händlers hatten mich konsterniert, ich fürchtete, meine Arbeit nicht rechtzeitig beenden zu können. Die Mongolen würden vielleicht alles zerstören, aber das machte mir nichts. Einzig der Gedanke, dass ich mein Werk nicht vollenden würde, quälte mich. Ein unfertiges Leben.

Denn letztlich war Nischapur gar nicht so abgelegen.

Warum hatte ich dem Händler nicht die Wahrheit gesagt?

9

... Ich hatte mich fangen lassen von der sagenhaften Ferne, die es geduldig zu enträtseln galt.

Sich hüten vor dem gleisnerischen Rat der Pfauen.

Denn auch andernort wurden die Nationen von den Mongolen terrorisiert. Ihr Vormarsch ließ den Tag des Gerichts immer näher rücken. An der Spitze der Heerscharen Azrael, auf einer schwarzen Maultierstute, deren Schatten breit wie zehn Pflugscharen war ... Ohne Zahl waren sie und furchterregend.

Die neuen Glaubensrichtungen erwuchsen aus der Angst.

Die Mongolen waren die Geißel unserer irrenden Seelen, beklommener Tumult.

Ich wusste um die Bedeutungslosigkeit des Getöses, das durch die Entfernung gemildert zu uns drang. Angesichts der Übertreibungen wirkten die Fakten lächerlich.

Allein freie und ehrliche Information hätte uns lehren können, die infantilen Ängste zu besiegen.

Doch wer fragte schon nach der Freiheit.

In der *Alamut-Bar* soffen die Stammgäste im Schutz einer gedämpften Neon-Idylle und abgedroschener Scherze weiterhin auf das Wohl der Mongolen.

Rausch der Theke, Freiheit!

Im Traum überdauern. Schwebendes Sekundenglück, die Seele war bereits für immer gezeichnet.

Wie sich erheben gegen den unvermeidlichen Fall des Gebäudes?

Die Theke weinüberflutet, dumpfe Euphorie.

Der sagenhaften Ferne fehlte es an Substanz.

...

Alp Arslan restaurierte den Staat in seiner alten Pracht, und Nizâm al-Mulk organisierte die Macht. Schnell war die Autorität wieder hergestellt, trotz einiger belangloser Zwischenfälle. Brutale Repressionen. Der Kalif hatte pariert und Alp Arslan in seiner neuen Würde als Schah bestätigt. Die Fiktion der Einheit wurde aufrechterhalten, Tribut gezahlt.

... Die Zünfte wurden streng überwacht. Der Bauernaufstand während des Ramadan kam nicht über die Grenzen des zurückeroberten Khorassan hinaus.

Die Universität wurde aufgelöst und neu gegründet.

An den öffentlichen Gebäuden Spruchbänder mit der stolzen Aufschrift: Durch das Volk und für das Volk.

Glorifizierung der geringsten Tat.

Man grub die Märtyrer aus und die Nationalhelden, der Jugend zum leuchtenden Vorbild. Auf den alljährlich stattfindenden Messen wurden die Verdienste öffentlich bekanntgegeben.

Lob dem Fürsten und Präsidenten, nächtliche Jagd ist er und zugewiesenes Land, Speerspitze und Schild, und die Feder, die uns unterweist. Der Beste.

Einmütige Zustimmung.

Wir hatten uns vor der Freiheit zu hüten, sie war ein Fremdwort in unserer Kultur, ein unbekanntes Bedürfnis, ein Importmodell. Eingehendere Untersuchungen erwiesen ihre Gefährlichkeit: sie bedrohte unsere Prioritäten.

Von Alamut war da noch nicht die Rede. Hassan führte die Geschäfte seines Vaters in der Stadt Ray. Das vermutete ich jedenfalls, denn er hatte es vorgehabt, aber ich hatte nichts von ihm gehört.

Ich lebte allein, bisweilen mit der Erinnerung an Badra, die ich geliebt hatte.

Die ich immer noch liebte. Aber ...

...

Den Studenten, die gekommen waren, um Khayyam zu seinen Forschungen zu befragen, servierte er Kaffee und kam dann auf die Liebesdichtung der Beni 'Udra zu sprechen.

Warum gab es keinen neuen Qais ibn al-Mulawwah, keinen neuen Djamîl? Sie zierten wahrlich ihre Zeit.

Klarheit des Begriffs.

Wir haben zwischen den Zahlen die Liebe verloren. Kleinliches Kalkül.

Aber die Studenten hatten auf dem wissenschaftlichen Anspruch ihrer Untersuchung bestanden. Sie hätten es eilig und könnten sich keine Abschweifungen erlauben.

Sie hatten seriöse Statistiken zu erstellen.

Khayyam erwiderte, dass die Ruhe ein ausgezeichneter Untersuchungsgegenstand sei, nur nicht leicht zu quantifizieren. Er sorgte sich um seine Koriander-, Minz- und Basilikumpflanzen, die ungewöhnlich stark vertrockneten.

Der Mangel an Freiheit bei uns erstickt jeden schöpferischen Ansatz im Keim, sagte er.

Die Entdeckungen überlasse ich den Schwachen. Mein Herz hat schon lange den Zeltplatz verlassen ... erloschen jeder Wunsch.

10

Badra war schön, doch so lang ist das her, dass ich sie nicht zu beschreiben wüsste. Was wäre schon zu sagen? Eine verschwommene Skizze. Sprachverlust.

Sobald ich an sie denke, zieht sich mein Körper zusammen, und noch heute erbebe ich wie unter dem sengenden Hieb einer Peitsche. Ich stopfe mir die Faust in den Mund, um ein Schluchzen abzuwürgen, und versuche, mit geschlossenen Augen in die innere Leere meines ultimativen Schutzpanzers vorzudringen. Ungeahnte Erschütterungen durch starke Eindrücke. Ein gellender Riss.

Eine Nadel ohne Kompass

Ein Nachtfalter im Rausch des Lichts

Ein Kreisel

Sag meinen Namen, sprach er, oder sperr mich ins Irrenhaus.

... Dann, nur noch Stille.

Zärtlichkeit quillt in mir hoch, löst meinen Körper, um dich tief in mir zu kosten. Die Sinne werden nachgiebig. Das Blut ist besänftigt. ... Badra kam in einem Taumel zu mir zurück.

Omar erinnerte sich nicht mehr an ihre erste Begegnung. Und doch war er sich sicher, dass er es war, der sie Hassan und Abu Ali vorgestellt hatte. Badra war traurig und Omar wollte sie lehren, das Leben zu lieben. Das träge Gefühl von Tod eliminieren, das ihre Anwesenheit verströmte. Sie hatten ein Verhältnis, das Hassan in den ersten Jahren unerträglich fand. Hassan und Badra verband eine erbitterte, besitzergreifende Freundschaft, die ihm, so sagte er, das Recht gab, einen Blick auf ihr Leben zu werfen. Badra war Hassans leidenschaftliche Ausbrüche zwar leid, aber gegen ihre zärtlichen Gefühle für ihn kam sie nicht an. Abu Ali hatte ihre Aufmerksamkeit bisher nicht auf sich gelenkt, und ich war überrascht, dass er ihr nach unserer Trennung den Hof machte.

Der Grund? Belanglose Vorfälle. Ich war so verliebt wie im Roman. Eine zerstörerische Naturgewalt. Mein Herz, warum nur bist du so verrückt, sagte sie.

Ich verstand nicht. Ich liebte dich doch. Dich, die EINZIGARTIGE, die ich mit meinem Blick umfangen hielt, der blind war für dein Leid. Wilde Gleichgültigkeit des Liebenden, o meine Liebste ... Wirst du mir je vergeben?

Ich war ja schon im Traum erschöpft. Mitleidlose Latenz. Beim Aufwachen war der Tisch gedeckt, an dem ich artig Platz nehmen musste.

...

Nach dem Mittagessen beschloss Omar, Badra einen Brief zu schreiben:

Was wusstest du denn, wenn du nicht weisst, wie sehr ich dich liebe, meine Augen geschlossen über dem Spiegel. Tatsächlich trennt uns jeder Tag, meine Geliebte. Ich leide an dir, dich nicht mehr ertragen zu können, du sehnsuchtsvoll Schöne.

... Er wusste nicht weiter.

Ihr bekennen, dass es mich in manchen Nächten überkommt, sie zu beißen. Und nicht der silberblasse Mond wäre schuld daran. Ihr bekennen, wie sehr ihre samtweiche Haut meine Hände aufwühlt. Ihr bekennen, dass ich sie töte und verstümmele wie ein Kind, das nicht will, dass ein anderer mit seinem Spielzeug spielt.

Ihr sagen, wie sehr ich sie erwecke.

Worte, die Khayyam nicht aneinanderreihen konnte.

... Und so trat er hinter den Dichter zurück, den er so liebte:

„So war sie, unsere Liebe
sie verging, kam wieder und brachte uns
ein Augenlid, gesenkt, in endloser Ferne
ein regloses Lächeln, verloren
im morgendlichen Gras

eine sonderbare Muschel, die unsere Seele
beharrlich zu entschlüsseln suchte.

So war sie, unsere Liebe, bewegte sich langsam
tastend voran inmitten der Dinge um uns herum,
um zu erklären, warum wir uns dem Tod
so leidenschaftlich verweigerten.

Auch wenn wir fremde Lenden umfassten,
fremde Nacken umschlangen, verzweifelt
unseren Atem mit dem Atem
Fremder vermischten,
auch wenn wir unsere Augen schlossen, so war sie, unsere Liebe ...
nichts als der sehnliche Wunsch
innezuhalten auf unserer Flucht."

Dem war nichts hinzuzufügen.

Wüsste sie es zu schätzen? Früher tranken sie stets vom selben Wasser. Khayyam fühlte sich sicher hinter einem Aufgebot an Zitaten, auch wenn er manchmal ein wenig schulmeisterlich klang. Und Zitate kannte er zur Genüge. Alles war Gelegenheit, ein Gedicht zu zitieren. Allerdings nie seine eigenen, die er sich einfach nicht merken konnte.

Damals war er noch seriös.

Du willst immer alles haben, ganz wie die Kinder

... Ich möchte sterben, sagte sie

Szenen, die haften blieben.

Momente, die sich hartnäckig gegen das Verblassen stemmen.

Verschwinde!

Du hast mir so weh getan, sagte sie, und hast es nicht einmal gemerkt

Wir waren allein waren verzweifelt - eine Verkettung von Scherereien

Ein Medaillon

Ich hatte ein wenig nachgeholfen, um die Trennung beweinen zu können. Aber die Tränen, die den Traum aushöhlen, sie sind echt.

Khayyam: Die Vergangenheit ist ein Kannibale, der auf einer Lichtung lebt

Hassan: Der Wald ist unsere Rettung, stürz dich hinein

Abu Ali: Man tritt der Welt nicht mit Bildern entgegen.

Bilder waren alles, was man uns als Trost bot.

11

Nachdem er sein Amt als Nizâm al-Mulk angetreten hatte, stattete Abu Ali Nischapur einen informellen Besuch ab. Er suchte den alten Scheich Muaffiq auf, der ihn zu intellektueller Redlichkeit erzogen hatte, und erkundigte sich nach den Neuerungen im Wissenschaftsunterricht. Diese Vorgehensweise schien mir von demagogischem Kalkül bestimmt, doch als Abu Ali dann lächelnd vor mir stand, war an der Aufrichtigkeit seiner Absichten nicht zu zweifeln.

Er war so seriös und solide wie damals, als wir noch Studenten waren.

Er umarmte mich spontan, und wir brachten ein paar Stunden damit zu, unsere Erinnerungen aufleben zu lassen. Badra war in Schiraz geblieben. Er war so taktvoll, ihren Namen nicht zu nennen. Er sprach mir Lob für meine Abhandlung zur Algebra aus und erkundigte sich, ob ich noch immer Gedichte schriebe. Ich begegnete ihm voller Ehrerbietung, obwohl er mich während unseres ganzen Gesprächs als alten Freund und Studienkameraden behandelte. Er befragte mich nicht zu Hassan, was darauf hinwies, dass er unseren Blutspakt vielleicht schon vergessen hatte. Ich erwähnte das Thema auch von mir aus nicht und begnügte mich mit ein paar Anspielungen auf die Instabilität meiner Situation.

Er lud mich zum Abendessen ein. Ich akzeptierte.

Am Abend im Rathaus war der Festsaal hell erleuchtet. Sämtliche Honoratioren der Stadt waren zugegen. Ein Ruck. Ich war so naiv gewesen zu glauben, nur er und nur ich.

Warum?

Bitterer Beigeschmack.

Man betrachtete mich trotz meiner glanzlosen Kleidung mit neidvollem Respekt. Der Wesir hatte mir den Platz zu seiner Rechten eingeräumt.

...

Wir hatten gut gegessen, dabei höflich geplaudert.

...

Gekünsteltes Benehmen. Mein Herz zog sich zusammen.

Du wirkst bekümmert, bemerkte er.

Die Rührung lässt meine Krankheit aufleben.

...

Eine Notlüge.

...

Wenn du mich jetzt bitte entschuldigen würdest.

Er gestattete mir, mich zurückzuziehen, und ich sah, er war so erleichtert wie ich.

Draußen griff die frische Nachtluft nach mir. Vollmond.

Nizâm al-Mulk hielt sich zwei Tage lang in Nischapur auf, belagert von Bittstellern. Manche kamen auch zu mir und baten mich dreist, bei ihm ein gutes Wort für sie einzulegen.

Ich wurde krank, wie ich befürchtet hatte. Ein Anfall von Trübsinn, ich kannte die Symptome.

Die Anfälligkeit des Körpers, der die geringste Seelenregung verrät, widerte mich an.

Ich verkroch mich.

12

Neun Monde in einem Sonnenuntergang umschließen den Traum ...

Karge Bilder.

Mein Vater war ein bescheidener Schuhmacher. Er war kein Araber, aber stolz darauf, wie er den Islam praktizierte. Er zwang mich zu studieren, denn er verehrte Bücher. Deine Zukunft wird glänzend sein, sagte er, aber ich habe seine Hoffnungen enttäuscht. Ich hatte mich von der klassischen Sprache abgewandt, um unsere Traditionen zu hinterfragen und mich für die Wissenschaft stark gemacht, die dem Heiligen Buch sehr fern lag.

Wir vermieden es, aneinander zu geraten, schüchtern und einer dem anderen fremd.

Ich verstieß gegen einen noch sehr lebendigen Brauch, indem ich mich früh von meiner Familie trennte. Ich tat es, weil ich nichts zum Gespräch beisteuern konnte und die gemeinsamen Mahlzeiten eine Qual für mich waren. Ich war von scheuem, störrischem Wesen und habe nie versucht, dagegen anzukämpfen.

Wer auch immer anwesend war, mir war er fesselnde Folter.

...

Ich irrte umher, das Leben in meinen Adern verleugnend. Lachhaft, läppisch, dieses Hin und Her (den Rhythmus störend), die Welt kümmerte vor sich hin. Der Glaube der Gefährten besteht nicht mehr, sagten die Greise. Ein Glaube, der glühendes Blut zu Eis erstarren ließ.

Ich grübelte und sinnierte. Manches Mal schämte ich mich für diese Distanz zu den Meinen.

Ich konnte so tun, als gingen uns dieselben Dinge nah. Aber ich wollte nicht. Ich strebte danach, ein anderer zu sein.

... Ich vergrub mich in der Sternwarte der Universität, glücklich über meine Besoldung. Milde gestimmt durch ein Leben in Zurückgezogenheit.

Nizâm al-Mulk schien überrascht, wie wenig anspruchsvoll Khayyam sich zeigte.

War das eine List, um ihn auf die Probe zu stellen, oder echte Abgeklärtheit ... Er zeigte sich großzügig, voller Bewunderung und überaus besorgt. Die materielle Sicherheit macht frei für den Schmerz, dachte Omar. Ich kann sanft hinüberdämmern. Eine ausgegeizte Existenz. Die Kalenderreform und die Lösung der algebraischen Gleichungen waren eine delikate

Flucht. Eine gesellschaftliche Basis. Er gefiel sich darin, weil er nichts sah, was das fragile, sorgsam etablierte Gleichgewicht hätte stören können.

Während der beiden ersten Jahre gärte in mir noch ein Zorn, der mein inneres auf Reinheit der Farbe bedachtes Licht am Lodern hielt. Das lebhafte Rot der Begegnungen, das Marineblau tödlicher Wollust ... Die Tage ein leuchtendes Stöhnen, ich aggressiv und stolz. Wilder Nichtverzicht.

In der Öffnung zum Exil büßte das Herz seinen Vorwitz ein.

... Ein düsteres Prisma. Verscherbelte Ware.

Ich lachte nicht mehr.

Die Erfahrung, verfluchte Klarsicht!

An manchen Abenden stahl ich mich wortlos davon.

Der Pförtner ließ die Schranke immer leicht geöffnet, um mich nicht in Verlegenheit zu bringen. Er maß dieser Art von Komplizenschaft, die ihm Freude machte, große Bedeutung bei. Eine beispiellose, anrührende Diskretion. Er verabscheute die Missbilligung der Frömmler, obwohl er ein gottesfürchtiger Mann war.

Die Schenke war nicht weit weg von meinem Forschungslabor.

Der Wirt kannte mich.

Am ersten Abend hatte er mir sein Leben erzählt; ich hatte ihm aus meinem berichtet. Du gefällst mir, hatte er gesagt. Danach haben wir nie wieder ein Wort gewechselt. Im Blick ein geheimes Einverständnis, Zeichen des Erkennens.

Er reservierte mir stets die mit blauem Samt ausgeschlagene Loge.

Und so trank ich verborgen vor den Augen der Stadt. Und die Mädchen, die ich dort traf, waren Unbekannte. Ich heuerte sie für eine Handvoll Dinar an.

Reine Sinnlichkeit, ohne jedes Muss.

Ich bestach mit Luxus meinen Dämon.

(Ich langweilte mich.)

Und verfasste im Vollrausch Verse, ohne meine Identität preiszugeben.

Bittere Lyrik, dem kaum merklichen Beben des Blicks nachspürend.

Ein erbärmlicher Erguss.

Die Seele harrt aus, Gottes Verschwinden zum Trotz. Eine Liebkosung, die auf deinen falschen Lippen zerfließt.

Ich täuschte mich.

Mit echter Genugtuung nahm ich das Lob der Odalisken auf. Meine Verse waren ihnen gleich Juwelen zugedacht.

Vom Tod am Boden des Pokals wusste ich nichts.

Der Wein.

Das Reich brach außerhalb meiner Wahrnehmung zusammen.

Yâ leyl yâ 'ayn

Als Omar in sein Schlafgemach wankte, besang er des Mondes Widerschein im maliziösen Blick der Geliebten.

…

13

Ich erwachte, versöhnlich gestimmt. Kaffee, Honig, Nüsse, Datteln, Milch, Brot. Wovor genau hast du eigentlich Angst, hatte sie gefragt.

Zu meiner Verwunderung wusste ich es selber nicht.

In Nischapur fehlte mir nichts. Scheinbar.

Die Lebensmittelknappheit betraf mich nicht. Mein Gehalt steckte die Preiserhöhungen weg. Ich war nicht darauf aus, in Saus und Braus zu leben. Meine Arbeit machte mir Freude.

Ich wusste es. Ich saß in der Falle. Mich herumschlagend mit einem verschwiegenen Wort. Das mich erlösen konnte, von einem sengenden, seelenlosen Schmerz. Ein Schreck, der sich leicht aufspüren ließ. Den ich zu rechtfertigen suchte. Um endlich zum Vorschein zu kommen. Ein Brunnenschacht.

Ich war nirgendwo. Der Welt erstorben. Mürrisch.

Vielleicht hatte ich ja Angst vor dir.

Du hast mir nicht zugehört.

Ich liebte dich.

Aber du hast mich von deinen Projekten ausgeschlossen.

Hassan hatte gesagt, wenn du dich dem Ungewissen näherst, nimm dich in Acht, dass nicht alle dich abweisen. Denn wer liebt, der will Lohn oder Lösegeld. Ein Tauschhandel. Ein Ausplündern nach festen Regeln. Da stehst du nun, zitternd im Augenblick des Ausbruchs, nachdem du mühsam die Gitterstäbe gelockert hast. Chronische Knechtschaft.

Wage es!

Die Bücher haben uns schmerzvolles Warten gelehrt. Erfüllung zu finden in der Resignation. Eine Farce.

Wir haben Spiegel geerbt, die wir blank polieren. Damit in ihnen unser Unglück aufscheint.

Und wer trägt für das Vermächtnis Sorge?

Der Fürst ist nackt und das Reich von innen her verfault. Ich sehe nichts von der strahlenden Größe, von der man uns immer erzählt. Warum sind wir so elend?

Ich möchte sein: der Schreckliche. Ein Höllenschlund. Vielleicht fände ich darin den Sinn.

Andere werden sich erheben.

An jenem Morgen verkündete Hassan den nahenden Tod.

Ich hatte nie daran gedacht.

...

Der Atem bricht. Zerrüttet in seiner Anfälligkeit. Fiebern und Herzklopfen.

Die Erinnerungen, die hartnäckig auftauchten, waren das Vorzeichen. Badra würde mich neuerlich nachts im Schlaf heimsuchen. Mein Körper ergoss sich in dich. Ein wohliges Hinübergleiten.

...

Ich fürchte, du weißt nicht, was du vom Leben willst.

Brutales Urteil. Die Wahrheit.

...

Ich habe Hassans Ideen nie gänzlich geteilt. Obwohl ich nichts als Abscheu für unsere dekadente Gesellschaft empfand. Himmelschreiende Niedertracht. Aber die Welt regenerieren? Ein riskantes, angsteinflößendes Projekt. Ein instinktives Misstrauen vor dem äußersten Exzess ließ mich auf Distanz zu Hassan gehen. Ich wollte kein Vorbild abgeben. Ich, der ich weder zu lieben noch zu kämpfen gewusst, reglos in meinem Schmerz. Mir schwebte eher die einfache Revolte vor: Explosion der Sinne, Anklage ohne Einschränkung ... doch im Grund meines Herzens fand ich an nichts mehr Geschmack.

Nur die beharrliche Arbeit, im Verborgenen, wühlte mich noch auf. Löste komplexe, oft ganz neue Gefühle in mir aus. Ließ meine Seele jäh in anarchischem Licht aufstrahlen. Ungestillte Reinheit.

...

Wozu bist du eigentlich gut, hatte Hassan mich angebrüllt, du schwitzt ein Werk aus, für das es keinen Empfänger gibt.

Ich bin da. Einfach da.

…

Wirklich zählte, und Hassan wusste es, dass man zur Großen Reise aufbrach. Ohne sich jemals umzudrehen.

Aber hier diente alles nur dazu, die Aufmerksamkeit zu bannen.

Die Kakophonie des Schlafs von Ghulen, die sich an Leichen vollgefressen haben.

14

Hassan hatte mir gesagt, ich hasse Abu Ali. Er hat alles. Badras Liebe.

Macht. Prestige. Er ist großzügig und versteht es, allem, was er unternimmt, einen Sinn zu geben.

Ich hasse ihn, jawohl.

Er war so neidisch auf Nizâm al-Mulk, der Alp Arslans höchste Wertschätzung genoss, dass er ihn in dessen Augen herabsetzen wollte. Damals war Hassan vom höfischen Gepränge noch fasziniert. Gierte nach Anerkennung. War wild auf Auszeichnungen. „Ein Ziegenhirte!“, sagten die städtischen Honoratioren. Abu Ali fürchtete seinen grenzenlosen Ehrgeiz, seinen durchtriebenen Charakter. Er hatte ihn zum Ersten Sekretär ernannt, in der Hoffnung, ihn mit ein bisschen Schnickschnack ruhigstellen zu können.

...

Aber Hassan beugte sich nicht und pochte lauernd auf das, was ihm gemäß der Blutsbrüderschaft, dem einmal gegebenen WORT, zustand.

Abu Ali war nicht mehr der schüchterne Student aus Nischapur, der uns auf Schritt und Tritt folgte.

Aufgrund seiner Meriten war er aufgestiegen zum Nizâm al-Mulk.

Resolut inkarnierte er die Macht. Während seine beiden ehemaligen Weggefährten sich in Jugendträumen verfingen.

Er konnte die Macht nicht teilen, für die er vorherbestimmt war. Unvorstellbar. Ein Mann, der unentbehrlich war. Trotz aller Bitten Nizâm al-Mulks war ich Alp Arslan niemals vorgestellt worden. Mich widerte die Gesellschaft der Prinzen an, ich fand sie unausstehlich.

Hassan erzählte mir, dass Alp Arslan einen derart langen Schnauzbart habe, dass er die Enden hinter den Ohren verknote. Ein furchterregender Anblick. Außerdem riss er die Augen weit auf, um die Wirkung zu verstärken.

Die Höflinge senkten den Kopf, um nicht vor Lachen zu platzen.

Er war stolz auf sein stattliches Aussehen. Trennte sich nie von seinem schwarzen Burnus. Den hatte ihm ein maghrebinischer Marabut verehrt, der sich auf Weisung seines Meisters auf dem Weg nach China befand.

Aber er ist ein Geschöpf, das keine Seele hat.

Warum sich mit ihm abgeben?

Ich möchte Nizâm al-Mulk sein. Ich!

Ich war betrübt, wenn ich daran dachte, dass Hassan unseren Blutpakt vielleicht bald brechen würde. Und gleichzeitig froh, fernab all dieser Intrigen zu sein. Schäbigkeit des schönen Scheins.

In meiner Provinz fühlte ich mich in Sicherheit, geborgen.

...

Hassan hatte sich während eines Disputes blamiert. Er tauchte unter. Einer meiner ehemaligen Studenten, der einen Posten im Finanzministerium bekleidete, berichtete mir von dem Vorfall: Hassan solle die Buchhaltung frisiert haben, um Devisen außer Landes zu bringen. Er selbst würde mir später sagen: Ich war ziemlich naiv zu glauben, ich könne Nizâm al-Mulk ausschließlich aufgrund meiner Kompetenzen ersetzen. Die politische Kaste ist ein hermetischer Club. Ich hatte sämtliche Rechnungsbücher überprüft und stand kurz davor, einflussreiche Regierungsmitglieder auffliegen zu lassen. Diebe. Doch Nizâm al-Mulk war mir mit einer List zuvorgekommen. Er hat die Akten einfach ausgetauscht. Im Grund hat er mir einen großen Dienst erwiesen, indem er mich gefeuert hat ... Diese Vergangenheit ist für mich gestorben.

...

Mehrere Monate nach diesem Ereignis erfuhr ich von einem Karawanenführer aus Ray, Hassan habe seine Geburtsstadt verlassen und zuvor alles, was er besaß, unter den Leuten verteilt. Es hieß, er lebe nun in Kairo, als Gast im Haus der Wissenschaften.

…

Hassan war schwer zu begreifen, er war von einer düsteren, lauernden Radikalität.

Scheich Muaffiq traute seiner ständig auf Kontra gebürsteten Intelligenz nicht über den Weg. Die strebsame Liebenswürdigkeit Abu Alis war ihm da lieber.

Ich? Spielte ohnehin keine Rolle in meiner Schweigsamkeit.

Eines Tages hielt mich der Scheich nach dem Unterricht zurück, um mich vor meiner Apathie zu warnen. Mir war unwohl unter seinem inquisitorischen, leicht schielenden Blick, dazu auf meiner Schulter seine knochige Hand. Ich gehörte nicht zum engeren Kreis seiner Schüler. So wenig wie Hassan oder Abu Ali, der ständig Angst hatte, uns zu missfallen. Wir entzogen uns ganz bewusst dem Zugriff des Meisters. Ein demonstrativer Mangel an Respekt.

Unsere hervorragenden Ergebnisse verwunderten den Scheich. Nachdenklich musterte er uns: Gott ist Weise/Sehend.

…

Am selben Abend noch

trommelte uns Hassan im Hinterzimmer des *Rubin* zusammen, einem Studentencafé, das von einem Juden aus Marw betrieben wurde:

Gott hat nichts mit unseren guten Noten zu tun

Ein Fremder

Niemand wird je in mein Tun und Lassen eingreifen

Ich will euch, meine Freunde, das GEHEIMNIS offenbaren

Schmerzhaftes Vermächtnis

Der Islam ringt mit dem Tod und ICH versetze ihm dereinst den Gnadenstoß, denn ich bin es, der IST

Und ihr werdet mir folgen

Der Wirt bat Hassan die Stimme zu senken, denn er sei Jude und ganz auf sich allein gestellt. Ein armer Jude, der trotz allem in einer solchen Diskussion mitreden könne, denn mit Gott, da habe er so seine Erfahrung. Man müsse wissen, dass Ihm nicht zu trauen sei, sagte er.

Abu Ali bekam es mit der Angst zu tun und verabschiedete sich rasch.

Ich blieb allein mit Hassan zurück, hellwach. Vielleicht kämen den Menschen bei der Lektüre eines Tages die Tränen, ausgelöst durch eine gänzlich neue Emotion. Gelassene Heiterkeit des Blicks. Vielleicht blätterten sie dereinst im Heiligen Buch wie in einem wunderschönen Bilderbuch. Säkularisierte Zeichen ... Nein, ich träumte nicht.

Mir war klar, dass Hassan seine Projekte durchziehen würde. Den Tod fürchtete er nicht. Und ein Scheitern brächte seine Entschlossenheit in keiner Weise zum Wanken. Er trug die Häresie ins Herz eingebrannt.

Meins war das Gedicht. Das dich sprachlos zurücklässt.

... Großspuriges Gerede. Potenzierte Möglichkeiten.

Heute, eine gewaltige Leere, die den Horizont zur Stunde der Dämmerung mit Trauer erfüllt.

Blutender Lehm.

Finsternis.

Der Dekan kündigte mir den Besuch eines Fremden an. Er warte im Dienstzimmer der Dozenten auf mich. Hassan war unerwartet aus Kairo zurückgekommen.

... Er war unbegreiflich.

Er handelte wider alle Vernunft, jedoch mit morbider Entschlossenheit.

Er lachte über meine Vorbehalte. Die gewichtig waren.

Die Schönheit benetzte den Verstand, um den in einem verwahrlosten Park Verirrten zu leiten. Einer öffentlichen Mülldeponie.

Ein verstohlener Blick.

Wie Hassan ins aufflackernde Delirium nachfolgen ...?

... Wir hatten die Runde durch sämtliche Bars von Nischapur gedreht.

Beide stumm.

Der nächliche Kristall. Ausweichmanöver, Suche nach dem Erhabenen.

15

Erst durch Hassan lernte ich den Haschisch kennen, der außerhalb Ägyptens völlig unbekannt war.

An einem Tag, da er besonders übellaunig war, beschloss er, durch die Altstadt von Fustât zu bummeln, um den Panzer der Verbitterung abzuschütteln. Dem Dämon, der ihn von innen her zerfraß, frische Luft zu verschaffen.

Rein zufällig entdeckte er dort das Viertel der Haschischesser.

Vielleicht hatte ihn jene Gottheit, die das Schicksal lenkt, auf diese Fährte gesetzt. Es war ein angenehmer Ort: kleine Villen aus getrockneten Lehmziegeln, mit Efeu und Weinlaub bedeckt. Die Menschen waren liebenswürdig, lächelten. Mehrere Nationen lebten dort in friedlicher Nachbarschaft …

Ein Ort der Ruhe.

Er fand Anschluss an einen Kreis maghrebinischer Sufis. Er wurde vorbehaltlos aufgenommen. Nur einmal löste er lautes Lachen aus, als er sich als Student aus dem Haus der Wissenschaften vorstellte.

Ein junger Mann servierte Mandelmilchsirup, ein anderer teilte Gebäck aus. Mein Nebenmann forderte mich auf, von diesem Gebäck zu kosten, das aus Honig und einer raren Arzneipflanze bestand.

Die Plätzchen schmeckten köstlich. Ein kräftiger, überraschender, mit nichts zu vergleichender Geschmack.

Meine Bitterkeit war verflogen: Ich betrachtete meine Gastgeber durch einen Schleier aus Euphorie.

Wir bildeten einen schweigenden Zirkel. In unserer Mitte lag ein roter Teppich, darauf ein Säbel. Ich nahm die Szene bis ins letzte Detail in mich auf, mit gleichsam extrem geschärften Sinnen. Nach dem Ende der kleinen Stärkung begann jemand, ein mystisches Gedicht zu singen. Der Refrain wurde im Chor wiederholt.

Wir wiegten uns sachte hin und her.

Plötzlich
Erhebt sich ein Mann
Ruft Sidi Abdelqader an
Ergreift den Säbel
ein Aufschrei
O Heiliger Patron von Bagdad
die Klinge blitzt auf
Uns zu Füßen das Blut.
Ich entreiße dem Schluchzenden den Säbel.

Fürchte dich nicht, sprach der Meister der Sufis, Haschisch beflügelt die Fantasie. Die Zeremonie ist dir noch nicht vertraut, deshalb erschrecken dich die Erscheinungen.

Es ist nichts passiert.

...

Der Meister machte Hassan mit seiner Geheimlehre vertraut.

Das Wissen der Sufis ist interessant, aber die Maghrebiner sind zu abergläubisch. Sie haben keinerlei kritischen Geist.

Nachdem mir in Kairo nichts mehr zu lernen blieb, bin ich zurückgekommen. Ich suche nach einem Ort, um mich niederzulassen. Ich habe Großes vor.

Er erklärte mir, dass man Haschisch auch rauchen könne, das gäbe dann einen modernen Effekt.

16

Hassan blieb nicht lange in Nischapur.

Wir hatten kaum Gelegenheit, unter vier Augen zu reden.

Er jagte von einer nächtlichen Verabredung zur anderen. Und ich musste tagsüber arbeiten.

Etwas war passiert, und ich verstand nicht, was es war. Ich schrieb die kühle Stimmung zwischen uns dem Mangel an Zeit zu.

Er ließ ein Blatt mit ein paar hingeworfenen Bemerkungen auf meinem Schreibtisch zurück:

Ich breche auf ich werde der Herr der Stunde sein und die Sterne werden sich verneigen vor mir

Ich werde die Sonne lenken im Moment der Abwesenheit

Der Name Hassan as-Sabbah wird in aller Munde sein

Vergiss, dass ich da war.

Ich gebe Dir ein Zeichen.

...

Jahre gingen ins Land ...
... Viele Jahre.

Und während all der Zeit lebte ich dahin, ohne es zu merken. Zwar war ich kein Kind mehr, doch es war ganz so als ob.

17

Die ersten Assassinen hielt man für geisteskrank. Die Gerichte verlangten, dass man sie wegsperre, in Irrenanstalten. Die Presse erhielt Weisung, nichts über ihre Taten zu schreiben, denn diese Leute seien in ihr Image verliebt.

…

(In einem Vorort Isfahans baute man ein Irrenhaus. Dort wurden die Assassinen zur geheimen Beobachtung interniert und Experimenten unterzogen.

Ein junger Arzt stellte eine überraschende Hypothese auf: Die Assassinen stünden offenkundig unter dem Einfluss von Drogen, aber das Cannabis sei ein eher sekundäres Motiv, eine Illusion. Ihr Verhalten sei das Ergebnis einer esoterischen Geheimlehre, deren Funktionsweise man studieren müsse.

Er schlug einen Aktionsplan vor, um die Krankheit unter Kontrolle zu bringen. Doch er fand kein Gehör: Man dürfe dem Phänomen keinerlei Bedeutung beimessen.)

Das Schweigen rings um die Assassinen hielt über Jahre an.

…

Alp Arslan gewährte dem Emir von Buchara eine Audienz.

Nizâm al-Mulk machte Mongolistan einen Freundschaftsbesuch, an dessen Ende eine gemeinsame Erklärung unterzeichnet wurde, dass man gutnachbarschaftliche Beziehungen pflegen wolle.

Alp Arslan gewährte dem Botschafter des Kalifen eine Audienz.

Nizâm al-Mulk weihte in Isfahan das Institut für angewandte Seismologie ein.

Alp Arslan führte bei einem wichtigen Arbeitstreffen mit den neuen Provinzgouverneuren den Vorsitz. Strenge, Redlichkeit, Verantwortungsbewusstsein.

Alp Arslan gewährte dem Botschafter Moskowiens eine Audienz.

Alp Arslan hielt eine bedeutende Rede über die Rechtleitung der Gläubigen und die Laster dieser Welt.

Alp Arslan leitete das Gebet zum ersten Tag des Monats Muharram in der Topazmoschee.

Alp Arslan …

…

Man kam nicht umhin anzuerkennen, dass die Assassinen keine Geisteskranken waren. Sie waren da, ein Stachel im Fleisch.

Gerüchte verliehen ihnen Prestige. Ein Ausweg aus dem düsteren Alltag?

Der Haschisch hatte solchen Erfolg, dass in allen Städten Räucherhöhlen aufmachten. Eine Form von Protest.

Die Behörden brandmarkten diesen diabolischen Hype unter Berufung auf offenbarte Verse und die authentische Überlieferung.

Gewalt wurde angewendet, doch das schreckte niemanden ab.

Alp Arslan hielt eine bedeutsame Rede. Über die Gefahren aus dem Ausland importierter Modetrends, die die nationale Authentizität verletzten.

GENUG!!!

Hinter vorgehaltener Hand wurde ein Name gemurmelt: Hassan as-Sabbah.

18

Ich begab mich auf Einladung von Hassan nach Alamut ...

Der Anblick des Dorfs, das sich am Fuß des Berges duckte und so gar nichts vom spontanen Frohsinn des hellen Tages hatte, deprimierte mich - ein verdunkeltes Kaleidoskop.

Die Bauern, auf die ich unterwegs stieß, grüßten mich nicht. Sie schritten dumpf durch ihr Unglück.

Blinde Fassaden mit dreckigem Putz. Esel kauten an Disteln, die aus dem brüchigen Straßenpflaster wucherten. Eine ausgetrocknete Viehtränke, die als öffentliche Müllhalde diente. Ein Puter. Zwei Perlhühner. Hennen. Ein knochiger Windhund.

Das surrende Schweigen eines leeren Platzes, der von hinfälligen antiken Stelen dekoriert war.

Mir war, als hätte ich eine ähnliche Tristesse schon in den Geschichten durchquert, die mein Großvater ersann, damit ich trotz der nächtlichen Kälte zum Einschlafen kam.

Wo sind wir, Vater, seufzte Khayyam, so allein.

…

Kahir erwartete mich am Tor der Unterwerfung, um mich durch einen Geheimgang zu geleiten, der zur ersten Ringmauer führt …

Die Festung flößte mir einfach nur vages Mitleid ein. Ein Gefühl des Ekels, das sich durch nichts von dem, was ich da sah, rechtfertigen ließ. Ein byzantinischer Bau, der das Tal dominierte, ein Kontrollposten, der als uneinnehmbar galt.

Das Innere war gewöhnlich, ohne bedrohliche Absichten. Khayyam überkam dasselbe Gefühl friedvoller Ruhe wie einst, da er die christlichen Klöster von Najrân besichtigte. Eine gedämpfte Atmosphäre von Reinlichkeit und emsiger Heiterkeit. Geregelte Abläufe.

Hassan kam nicht, um mich zu begrüßen, was mich ziemlich befremdete. Ich hatte mir ausgemalt, dass er im Hof schon auf mich wartete, wie früher, brennend vor Ungeduld, mich zu umarmen. Ich hatte mir während der Reise eine andere Kulisse zurechtgelegt, andere Szenen. Einen richtigen Empfang.

Verkettung von Licht: Staffelung von Schatten: jähes Aufzucken von Blitzen …

Ich sah mich um.

…

Ein nie gekanntes Gefühl der Fremdheit umfing mich.

... Kahir führte mich in eine Kammer, in der ich während der Gesamtdauer meines Aufenthaltes schlafen sollte. Alle Räume in der Festung sind gleich, bemerkte Kahir, außer der Zelle von Hassan, die ist noch kleiner.

Er zog sich zurück.

Es gab ein Bett einen Tisch eine Öllampe einen Hocker eine Waschschüssel. Der Raum ein Schritt nach links ein Schritt nach rechts ein Schritt nach vorn ein Schritt nach hinten.

Khayyam stellte seinen Seesack auf dem Hocker ab, setzte sich aufs Bett.

Laszive Beweglichkeit der Wände, Ermattung.

Opake Empfindungen.

...

Die Wände zogen sich zusammen, mir den Leib quetschend, ohne unmittelbares Schmerzempfinden. Das leise Erstickungsgefühl steigerte sich zu einem unerträglichen Zermalmen des Herzens, das im Körper auf Reisen ging. Lastende Schwere der Glieder. Ein Wegsacken. Schwarze Tinte befleckte den zusammengepressten Raum. Ich löste mich auf. AHHH.

Er riß sich die Kleider vom Leib, unter Schluchzern, stoßweise ...

...

(Wenn die Luftnot unerträglich wird, sagen die Leute, die Seele sei beengt. Sie besprühen sich mit Parfüm, um ihr Erleichterung zu verschaffen. Verbrennen Weihrauch aus Arabien. Manche nehmen Zuflucht in einer beseligenden Erinnerung.)

Khayyam bezwang sich, um nicht hemmungslos loszubrüllen.

Mich hat schließlich der Gedanke beruhigt, dass die Schrecken der Kindheit längst in der Ferne verblasst sind - verwirbelnde Asche im Schleier des Erwachens -,

... Ich streckte mich auf dem Bett aus.

Atemübungen.

...

So gut er Hassan kannte, so sehr erstaunte der ihn doch immer wieder. Eine elliptische Gegenwart, lachhafte Symbole. Kunstgriffe.

Aber Khayyam hätte sich niemals von derart trivialen Gebilden ködern lassen. Er war durch seine Lektüren gegen Emotionen gefeit, die auf billigen Tricks beruhten. Ein obsoletes Repertoire.

Hassan experimentierte mit dem Unergründlichen.

Khayyam wusste das.

Später wird er vergeblich zu verstehen suchen, welche Geschehnisse ihn in diesem Moment so aufwühlten. Es gab eine Erklärung, und sie war mysteriös.

Seine Brust hatte sich geweitet.

...

In dieser Nacht schlief ich friedlich und ruhig.

19

In der siebenten Nacht wurde mir Einlass in Hassans Zelle gewährt.

...

Kahir hatte mir geholfen, meine Ängste zu besänftigen. Eine Verwirrung zu überwinden, wie ich sie nie zuvor empfunden hatte. Ein Gefühl der Vereinsamung, von schmerzlicher Süße.

Die Treppe war knotig-gewunden wie die Olivenbäume an den Hängen von Nischapur.

Ich folgte Kahir.

Eine Tür aus Zedernholz, aus einem Stück. Man musste sich bücken, um einzutreten.

Hassan: komm herein.

Ich brauchte eine Weile, bevor ich im Dämmerlicht seine Züge erkannte.

Er war abgemagert. Der Bart ließ sein Gesicht länger erscheinen.

Omar: Frieden, bis zum Sieg!

Wir brachen in lautes Lachen aus. Wie in der

guten alten Zeit! ... Ich wusste nicht, dass dies der letzte Moment sein würde, den wir in vollkommener Eintracht verbrachten.

Noch heute weine ich manchmal über diese schnörkellose Freude.

Hassan: hast du Alamut gesehen

Mein Traum der Gestalt annimmt Formen wie sie keiner vor mir je ersonnen hat

Alles zielt auf Einheit ab und ich bin der EINE

Bei der erschütterten Bürde

Beim glitzernden Staub der Kuriere

Bei der Bresche, die Geradem und Ungeradem offen steht

Bei der Heiligen Stätte und beim felsigen Parcours

Beim Alphabet

Morgen wird die Welt den BEWEIS erleben und der Kosmos

„... *oh du Seele, die du Ruhe gefunden hast* ...“

Ich lauschte, ohne zu antworten. Völlig gebannt.

Hassan suchte auch gar keinen Dialog. Herablassende Trunkenheit.

Gebieterische Gewissheit sprach aus ihm. Ohne den Hauch irgendeiner Besorgnis.

Der monotone Redefluss lullte mich ein. Sachte durchdrangen mich die Geräusche der Außenwelt.

Ich döste vor mich hin.

Eine Tür aus getriebenem Kupfer war nur angelehnt. Ich schob sie auf.

Ein Licht zog mich an ... Ich schritt über milchigen Marmorboden.

Es duftete nach Weihrauch.

Ich vernahm Lautenklänge und erkannte alsbald den *maqâm nahawand,* eine Melodienart, die ich sehr mochte. Im Vorwärtsgehen drehte ich mich, als führte ich Tanzschritte aus. Mein Gewicht verflüchtigte sich und ich fühlte, wie ich dahinschwand, in wollüstiger Leichtigkeit ...

Ich ging ein ins Licht.

Ich war eingenickt, und Hassan redete noch immer.

Es war heller Tag.

Hassan: Ich glaube, du bist mir nicht ganz gefolgt. Such jetzt nach keiner Entschuldigung.

Es ist unwichtig. Ich halte oft Selbstgespräche, um bestimmte Resonanzen einzufangen ... Du bist da, und wir sind ein langweiliger Spiegel.

Du hast bestimmt Hunger.

Er schnipste mit den Fingern und Kahir brachte uns etwas zu essen.

Hassan: greif zu.

20

Es heißt, Hassan habe sämtliche Einwohner Alamuts getötet. Sich dann dort mit seinen Anhängern niedergelassen. Ein blutiges Husarenstück. In Wahrheit ... hatte er alle zum großen Freitagsgebet versammelt, das er im Innenhof der Burg abhielt. (Im Morgengrauen habe er die Zitadelle eingenommen, wie der Prophet, und dabei nicht einen Tropfen Blut vergossen, weiß der Chronist zu berichten.)

Kahir war ein bemerkenswerter Sprecher.

Hassan sonderte seine Anhänger vom Rest der Menge ab.

Eine Reihe zu seiner Rechten / eine Reihe zu seiner Linken.

Hinter ihm die Gefährten.

Jedem seiner Getreuen gab er einen Namen

und befahl den anderen unter Androhung der Todesstrafe, ihn nie wieder zu belästigen und niemals die zweite Ringmauer der Burg zu überschreiten.

...

Sie waren frei in ihrem Glauben. Untertanen, auf Gedeih und Verderb ihrer Herrschaft ausgeliefert, grenzenlos versklavt und geschröpft, am Rande der zwei Welten. (Grobschlächtige Bauern.)

...

Der Paragrafenschreiber rezitierte unter lautem Beifall die neuen Regeln, die die Gemeinschaft strikt zu befolgen hatte. Der Dichter deklamierte eine Ode auf die Wächter der sieben Sphären, die im göttlichen Siegel entflochten waren.

Alles baute sich vor dem Meister auf, in dichtgedrängten Reihen, und verneigte sich tief, bis die Stirn den Erdboden berührte, dreimal.

Eine prachtvolle Ovation, grell, stahlblitzend, von schneidender Schärfe.

Danach der persönliche Treueschwur.

(Gott ist Groß)

...

Die Unterwürfigkeit des Chronisten, die Borniertheit des Paragrafenschreibers, die platten Verse des Poeten in ihrer altertümelnden Gestalt ... das alles war Hassan nicht entgangen.

Er war betrübt über so viel Mittelmaß ... und zog sich im Laufe der Zeremonie vollends in sich selbst zurück.

...

Zwei Tage und zwei Nächte residierte er auf seinem Thron, allein.

Kein Mensch störte ihn.

Kahir, der seinen Meister gut kannte, harrte stumm bei ihm aus. Wie ein Hund.

...

All dem Klein-Klein hab ich mich entzogen
O Meister, ich warte auf dich
Doch nirgends ein Ort für meine hoffärtige Ungeduld
O Meister, hier will ich dir dienen

...

Man berichtete von einer außergewöhnlichen Vision. Eine echte Himmelsreise.

Ein Treffen mit den im Koran erwähnten Propheten.

Manche erblickten Hassan, auf der Stute Burak durch die Lüfte galoppierend.

(Sämtliche Beschreibungen stimmten mit den heiligen Kommentaren der angesehensten Traditionarier überein.)

Kahir sagte nichts.

Hassan hatte gesagt: ich bin der Imam.

21

Die Angst sie sitzt
so tief dass der Leib nichts als ein
Schlottern ist und nichts weiter
geschieht als dass die Zeit jede Furcht zerstreut
und dich
dem Horror der Leere aussetzt.
Eine gewaltige Bürde ...!

Khayyam wusste, dichterisches Tun ist komprimiertes Sonnenspiel. Das sich erst dem zweiten Blick erschließt, der sich im Flirren der Wörter verfängt.

Ist kategorische Ablehnung der bodenlosen Monotonie der Diktatur.

Ist der Trost des Unmanifestierten.

Doch die Einsamkeit lastete gar zu schwer.

Hatte er das nicht so gewollt? Es war seine Entscheidung! Was hast du dir erhofft?

Sein Leben war nackte Lüge am hellichten Tag. Alles lag bloß in grellem Licht, ohne die durchfeuchteten Nuancen versteckter Möglichkeiten, die dem

Spiegelbild schmeicheln, und den Traum in der Tiefe des Tanzes enthüllen. Ein hohles Außen. Verlangte das Werk danach? Dem Absoluten in den Parzellen einer mittelmäßigen Existenz nachstellen. Ein Angler mit seiner Rute. Fragmente.

Die Aussage steckengeblieben in der gesprungenen Glocke. Wie Wörter und Gesten mit Leben füllen ... Schiffbruch.

Die Bäuerin mit ihrer Sichel-Frisur war real. Real die Septembergewitter voller Hagelkörner, real die lebendigen Leibes begrabenen jungen Frauen.

Eine Art von Ohnmacht? Oder Transparenz.

Eine gewaltige Bürde ...!

(Da klammerte sich Khayyam noch an sein Abbild.)

Stunden verloren, sich zu erklären. Wollte er es wirklich? Badra hatte versucht, ihm zu helfen, ihm geraten, was zu tun nötig sei. Sie hatte ihn geliebt. Wollte weiter nichts, als dass er sie sah, mit seinen Augen ansah, in all ihrer Lebendigkeit.

Das Leben war kein endloses So-als-ob.

... doch Khayyam verstümmelte sich die Sicht. Um in Schimären zu versinken.

Sie ertrug das nicht.

Sie hatte ihn mehr als alles auf der Welt geliebt.

Du kleine Seele,

Wer immer weiter sucht, wird weiter nichts finden als den Tod, hatte Badra gesagt.

22

Der Regen

und Khayyam mit seiner kläglichen Nostalgie ...

Ersterbende Stimme.

Sehnendes Leid / die erste Begegnung mit Badra blies es hinweg.

Feuerball moleküler Gefühle.

Rühr/seliges Getröpfel ...

Noch nie hatte Khayyam seinen Körper mit so viel Intensität, so viel entfesselter Emotion, so viel verheerender, verzehrender Leidenschaft verspürt. Sublime Folter.

Ihn überkam das Verlangen zu stöhnen wie ein Sterbender. Einem Hund gleich, der den Tod seines Herrn erahnt. Alle Fasern seines Körpers zersetzten sich, erschöpft in höchster Anspannung.

Der Wunsch nach Blut / ein Opfer, die Sonne zu erwecken / aus ihrem Panzer aus Selbstsicherheit. Strahlende Ergebenheit.

Ich liebe dich, murmelte er zwischen ihren Brüsten.

… Vielleicht hatte er sogar geweint.

…

Nichts bewahrheitete sich. Kein tiefes Erschauern. Khayyam wollte sich schonen. Die berauschende Leidenschaft des Odems ersticken, der gebieterisch zugange ist / konstanter Wille zur Unruhe.

Maßlose Ignoranz? Erlernter Selbstbetrug.

Er rutschte in einen Abguss hinein, und es hatte Methode. Du bist verrückt, so zu handeln, hatte Badra gesagt. Wie kannst du es wagen, dich dem Leben zu verweigern. Du hast mich getäuscht, als du mich ins Licht geholt hast, und feige bist du auch.

Sieh mich an! Ich bin das unvermutete Gestade, der Obsidian sehnenden Begehrens, du aber bist unfähig, das zu erkennen. Armer kleiner Mann, den ich so geliebt habe.

Khayyam hatte dem nichts entgegenzusetzen.

Fast wäre Badra gestorben, als die Tränen versiegten, die den Blick entleeren. Tiefer Riss. Beinharter Schmerz.

Du untergräbst unsere Liebe mit deinem Schweigen / deinen Absenzen (an einen endgültigen Bruch wollte ich nicht glauben) … und du verschleißt mich, sagte sie.

Ich dachte, du seiest stark.

… die Verwunderung erlosch …

Verlass meinen Körper, wie du schon mich verlassen hast, / ich will dich nicht mehr sehen.

Khayyam hatte sich seltsame Theorien zurechtgelegt, um sein ausweichendes Verhalten zu rechtfertigen, schlaff von zerlöcherter Energie. Als Student hatte er etliche Liebschaften gehabt, die er beim leisesten Anzeichen emotionaler Bindung jäh abbrach. Frei wollte er sein. Ein Stolz, der ihm anhing aus tragischer Jugendzeit. Oder ein ganz banales, egoistisches Verhalten.

Eine krankhafte Unerfahrenheit in Sachen Sex.

Er liebte Badra gegen seinen Willen (es hatte einfach gefunkt!) und er verließ sie, weil er sie liebte.

Er nahm in Nischapur eine Fremde zur Frau (die Tochter des Geschäftspartners seines Vaters). Sie hatten zusammen drei Kinder.

Dann ließ er seine Familie auf dem Land zurück und schloss sich in seinem Labor ein.

Seine Handlungen waren für ihn nie etwas anderes denn völlig belanglose Vorfälle. Wie auch er selbst völlig belanglos war.

Da man ihn gesellschaftlich einordnen konnte, ließ man ihn in Ruhe, versuchte weder, ihn zu verstehen noch ihm zu nahe zu treten.

23

Heute morgen, so sprach Khayyam, war der Sonnenaufgang über Nischapur von der unbeschreiblichen Vollkommenheit der Miniaturen von Schiraz. Mir kamen die Tränen ...

Verstockte Urangst, flatternd der ungesättigte Blick. Bebend zeichnet sich ab, was der Tag in sich birgt.

Als Abu Ali sich wunderte, dass alleinige Naturschönheit noch keine Emotionen weckte, schien Khayyam verblüfft.

...

Tatsächlich ist jegliche Emotion ästhetisch/unerklärlich, oder aber sie ist nicht. Eine reizvolle Umlenkung der Dinge und des Blicks. Ein verschleiertes Artefakt.

Gewiss hat das seine Gründe ...

Die mechanischen Erklärungen deprimieren mich.

An jenem Morgen trug Khayyam den Sturm in die Wirre seines Herzens.

So mancher Morgen war noch wie dieser. Und ich wurde alt darüber, so zu tun, als merke ich es nicht. Wie ein kokettes Ding, darauf bedacht, sein Äußeres zu konservieren.

(Ein Gelenkschmerz, den ich überging. Dehnungsstreifen.)

...

Meine vielen Ortsveränderungen zerrissen mich innerlich. Den wahren Beweggrund konnte ich schwerlich offenbaren.

Ich führte mich töricht auf in den Augen aller wie auch den meinen. Indes nicht ohne einen Hauch von Eitelkeit. Ich wollte so gern an die Einzigartigkeit meines Schicksals glauben. Wie absurd eine solche Feststellung war, entging mir nicht. Eine banale Ungewissheit, auf tragische Weise ausgebeutet.

Ein erschlagener Alptraum.

Reglos das Schicksal - Aufprall/Abprall - selbstgefällig die Ausreden

Düpiertes Innenleben

Stets pünktlich zur Stelle dich am Opfern zu erfreuen

Elevation

Einwilligung, traum-nachwehend

Dennoch, die Tage zerfließend im Metallstaub der Leere, ein lichtloses Funkeln, eine Blässe, in der du Fuß zu fassen suchst.

...

Ich habe dich eingetauscht. Gegen ganz gewöhnliche Stiche im Herzen.

... Mir ist Sindbad der Seefahrer begegnet. In den Lagerhallen der Stadt.

Er kam von seiner fünften Reise zurück und schlug mir vor, ihn auf seiner nächsten Expedition zu begleiten. Gegen minimale Beteiligung, denn er wusste ja, dass ich mittellos war. Er brauche einen Experten, der etwas von der Sternkunde verstand, und einen Mann mit Bildung, um ihm Gesellschaft zu leisten. Ein Brahmane aus Kalkutta hatte ihm einst mein Loblied gesungen. Er stellte mir sagenhafte Gewinne in Aussicht. Ich ließ mich locken vom Abenteuer, und so verabredeten wir uns für die folgende Woche im Hafencafé von Basra.

...

In der Eckkneipe *Zum schaurigen Schamanen* gab Khayyam seine Abenteuer zum Besten, ein zerknitterter Rausch.

Die Schankjungen drängten ihn, im Radau des Rotweins alles zu erzählen. Hitzige Heiterkeit, Tavernen-Getümmel. Gelächter.

Gemächlich und wohlgemut kam er ihrer Bitte nach. Er erzählte gern von der Vergangenheit, wie die Alten, die man manchmal im Badehaus traf.

(Auch nichts anderes als das Anderswo der Träume im Exil.)

(Die Alten hatten einen Pilgerstab und erbettelten sich ihre Wegzehrung mit einer Reisegeschichte. Sie wussten ihre Zuhörer bei der Stange zu halten, dank bestimmter Formeln, die sie einander weitergaben. In ihnen steckte die Summe ihrer Lebenserfahrung, die eigentliche Reise.)

Den Ort der Verabredung hatte ich völlig vergessen.

… Die ganze Zeit über war mir immer nur kalt, sagte Khayyam.

…

Was für ein Abenteuer?

Wenn er viel getrunken hatte, hielt Khayyam Selbstgespräche. Im verräucherten Schankraum mit all dem Lärm versuchte ihn keiner zu verstehen. Der Kellner hörte zerstreut zu, wenn er ihn bediente, stimmte ihm zu. Professionelle Liebenswürdigkeit.

Der Wein ist auch nicht mehr, was er mal war, sagte Khayyam.

24

Unfähig, eigenständig Tagebuch zu schreiben, notierte Khayyam sich Auszüge dessen, was er las.

War es Neugier? Eine ausgeprägte Vorliebe fürs Anthologische. Eine notwendige Verkettung. Ein selbstgewählter Rückzug.

Er liebte es, sich mit den Worten anderer zu beschreiben.

Persönliches Notizheft Nr. 6:

„Wehe dem Schriftsteller, den man nicht wertschätzen kann, hat man ihn erst einmal gelesen ... Vor allem anderen muss man den ehrenwerten Mann im Schriftsteller suchen ...“

Dies die Worte, die der Redakteur des *Journal des Débats* vom 25. Messidor des Jahres XI an uns richtet.

Lässt sich ein solches Paradox denn aufrechterhalten? Weiß denn ein Mann, der uns solches zu sagen wagt, am Ende nicht, dass Wertschätzung ein schlechterdings auf unsere eigene Meinung bezogenes Gefühl ist, und wir sie nur dem, der diese unsere

Meinung auch teilt, gewähren? Und muss denn der Literat allein von Standes wegen immer der Meinung dieses oder jenes schmeicheln? Es sind doch sein Herz und sein Genius jene Organe, die ihm diktieren, was er schreiben soll, ganz ohne Ansehen der Meinung dieses oder jenes. Und insofern kann er unmöglich einem jeden gefallen. Man sollte also vielmehr sagen: Wehe dem gemeinen und platten Schriftsteller, der nur darauf aus ist, der jeweils modischen Meinung zu schmeicheln und, statt sich seiner ureigenen, ihm von der Natur verliehenen Energie zu bedienen, uns nur jenen Weihrauch serviert, den er beflissen zu Füßen der herrschenden Partei verbrennt.

Der Unglückliche, der seiner eigenen Meinung Handschellen anlegt und sie jener des Tages unterordnet, hätte wohl nie die Courage, sein Jahrhundert aus jenen Niederungen zu befreien, in die es durch absurde Meinungsmoden so oft gezogen wird.

Demgegenüber dann die Courage der berühmten Schriftsteller des achtzehnten Jahrhunderts, auf die die verblödeten Redakteure jenes *Journals*, das sich der scheußlichsten Moralapostelei verschrieben hatte, so unverkennbar mit dem Finger wiesen. Lassen wir die Dummen ruhig wider die Talente keifen, die sie selber niemals besitzen werden. Man weiß, dass dieser Klasse ekelhafter Scholaren seit eh und je die egoistische Manie eignet, jene, zu denen sie sich unmöglich erheben konnte, auf ihr eigenes Niveau herabzuzerren. „Das Laster der kleinen Geister", hat die liebenswürdige Autorin der *Children of the Abbey* gesagt, „besteht darin, die Überlegenheit, an die sie niemals heranreichen werden, zu hassen."

Es braucht wohl einmal Originale in dieser Welt; und ihnen hat Gresset die folgenden Verse zugedacht:

Die Dummen sind hienieden für uns zur Kurzweil da.

Man müsse, so sagen diese Schafsnasen, den ehrenwerten Mann im Schriftsteller suchen. Ich aber will den Mann von Genie im Schriftsteller, wie auch immer seine Sitten und sein Charakter beschaffen sein mögen, denn nicht mit ihm, sondern mit seinen Büchern will ich leben, und ich brauche nichts als Wahrheit in dem, was er mir liefert; das Übrige ist für die Gesellschaft, und dass der Mann der Gesellschaft nur selten ein guter Schriftsteller ist, weiß man schon lange. Diderot, Rousseau, d'Alembert wirkten fast schon tölpelhaft in Gesellschaft, doch ihre Schriften werden für immer überragend bleiben, trotz des Gegeifers der Herren des *Journal des Débats* ... Es ist übrigens dermaßen modern, sich anzumaßen, die Sitten eines Schriftstellers nach seinen Schriften zu beurteilen, dermaßen viele hängen heute dieser falschen Auffassung an, dass man es kaum noch wagt, eine kühne Idee zu lancieren: zumal, wenn man unseligerweise seine Gedanken zur Religion ausspricht, wird man alsbald vom mönchischen Morast erdrückt, der nicht verfehlt, einen als gefährlichen Mann darzustellen. Stünde es in ihrer Macht, schickten diese Schufte einen gar noch auf den Scheiterhaufen, wie zu Zeiten der Inquisition! Muss man sich dann noch wundern, dass sie, um einen zum Schweigen zu bringen, auf der Stelle die Sitten jener anprangern, die nicht die Niedertracht haben, so zu denken wie sie? Im übrigen ist diese Ungerechtigkeit nicht neu: wir wissen, dass es einst genügend Leute gab, die hohlköpfig genug oder doch ebenso hohlköpfig wie all die Geoffroy, Joudot und Konsorten des *Journal des Débats* waren, zu behaupten, der Verfasser der Tragödie *Atrée* sei ein böser Mensch, da er einen Kelch mit dem Blut des Sohnes von Thyeste gefüllt habe."

Auf den Lehrplan damit, und auswendig gelernt, ab den frühesten Grundschuljahren!

25

Ein Zusammentreffen unglücklicher Umstände beförderte mich in den Ruhestand.

…

Mir blieb nichts übrig, als mich in mich selbst zu versenken, obschon ich zweifelte, dass Introspektion von harmonisierender Wirkung auf mich sei. In Nischapur gab es eher selten Gelegenheit, für längere Zeit in sich zu gehen. Das Leben dort war stürmisch geworden, trist und korrupt. Assassinen und Mongolen dienten als Vorwand zur Verhängung des permanenten Ausnahmezustands. Die institutionalisierte Willkür. Obwohl ich zahlreiche philosophische Traktate studiert hatte, erging es mir wie allen anderen. Wohl hielt die Philosophie mich zum freien Denken an: kämpferischer Optimismus. Doch wenn die Trübsal meine Gedanken, meinen Leib befiel, war ich wehrlos und bloß. Ich resignierte und warf mich mühselig zu Boden. In absoluter Stille.

…

Wie ein Korb saurer Früchte,
Und zuletzt wartet, geduldig, der Tod.
...

Badra sprach, du liebst es dich zu zerpflücken, doch im Unglück empfindet man nichts. Du stößt das Leben zurück, doch selber gibst du nichts. Du jammerst und klagst, doch du wagst nicht, gegen deine Angst anzugehen. Du willst dir die anderen zurechtbiegen nach deinem Begehr, doch tatsächlich hast du weder Willen noch Begehr.

Du bist schlichtweg unmöglich. Und jetzt sieh dich mal an, du kommst in die Jahre.

Ich liebte Badra.

Alle Verliebten geben vor, eine radikale Metamorphose zu durchleben.

Ich blieb mit meinen morschen Schatten allein. Geheimgehaltene Versprechungen.

...

Die Verbindung, wie sie dir vorschwebt, ist unmöglich. Ich bin doch kein Traum ...

...

Sie hatten Al-Hallâdsch gekreuzigt, weil er im härenen Gewand zu Gott geworden war. Doch zu Gott wird jeder Mensch, der sich in seinem Begehr betrachtet. Hassan hatte es mir offenbart. Mich damit für alle Zeiten deprimiert. Der Vorgang war simpel.

Warum dann überhaupt die ganze Mühe und nicht gleich heraus mit dieser unwiderstehlichen Wahrheit?

„Siehst du denn nicht
Wie sie verirrt in jedem Tal herumstreifen
Und dass sie sagen, was sie nicht tun?"
... Sich engagieren!

Khayyam hatte ein Landhaus gemietet, um sich zu erholen.

Das Fenster ging zur Steppe hinaus. Büschel von Alfagras, Beifuß und Zwergpalmen. Verstreute Gehöfte. Alles hinter einem Schleier aus grauem Nieselregen. Der Boden rissig und aufgesprungen ...

Khayyam meditierte viele Wochen lang.

Er hatte weder Bücher noch Weinflaschen noch Haschisch-Täfelchen dabei. Eine alte Aserbaidschanerin bereitete ihm die Mahlzeiten, wusch seine Wäsche, räumte sein Zimmer auf. Er bezahlte ihr das Doppelte dessen, was eine Weberin in Isfahan erhielt. Das beunruhigte sie, denn noch nie hatte sie so viel Geld verdient. Khayyam beruhigte sie und meinte im Scherz, er sei nicht reich genug, um Geld anzuhäufen und zu zählen. Geiz sei ein Luxus, den er sich nicht erlauben könne. Und außerdem war sie gut im Märchenerzählen, ihre Sprache war zärtlich und ausdrucksvoll. Später konnte er das vielleicht mal zu Papier bringen, und daraus einen Bestseller machen. Woanders, versteht sich! Hierzulande war jede Literatur von der Anmaßung des offiziellen Jargons verseucht. Die Alte war treuherzig-naiv, dabei von bemerkenswerter Intelligenz und Diskretion. Würdevoll und redlich war sie. Geld an sich hatte keinen Wert, eine schäbige Konvention.

Ihn fand sie bizarr. Seine Freundlichkeit rührte sie an.

Friedvolle Wochen waren das.

An den Sonnabenden sattelte er ein Maultier und begab sich zum Markt. Das Vergnügen des Beobachters. Des Flaneurs. Er holte Erkundungen zu den Preisen von allem ein, was man dort feilhielt. Nie kaufte er etwas, aus Schüchternheit.

Das dortige Café bestand aus einer großen abgewetzten Schilfmatte und einem wackligen Stuhl, den man ihm respektvoll überließ. Den Tee servierte man ihm, noch bevor er ihn bestellte, und bezahlt wurde er von einem Unbekannten. Bauern, die gehört hatten, dass er Arzt war, kamen, um seinen Rat einzuholen, und brachten ihre kranken Kinder mit.

Er lehnte jegliche Bezahlung ab, so sehr sie auch darauf beharrten.

Schon bald schütteten sie ihm ihr Herz aus, und er konnte das Ausmaß ihres Elends ermessen.

...

Hier könnte ich mich nützlich machen, dachte er ... Doch Khayyams Leben war in Nischapur. Und dorthin kehrte er zurück.

26

... Nizâm al-Mulk habe ich bisher kaum erwähnt. Aus Angst, sein handfestes Streben nach dem Absoluten nicht adäquat zu beschreiben.

Ein Charakter, schlicht und geradlinig, mit einem Anspruch, messerscharf.

Ein hellwacher Geist, der agil die entlegensten Fakten verknüpft und daraus die passenden Schlüsse mit praktischer Nutzanwendung zieht. Dazu verschwiegen. Niemandem vertraute er sich an. Weder Hassan noch Omar durchschauten ihn so ganz - trotz der gemeinsam bestandenen Fährnisse und ihrer außergewöhnlichen Freundschaft.

An Alp Arslan - ein ungebildeter, primitiver Haudegen, der den Sieg zu packen weiß - hat er sich nur gehängt, um einen Teil des Reichs vor dem Zusammenbruch zu retten, den Traum einer möglichen Renaissance zu träumen.

Ein Kompromiss.

...

Es gibt die Anziehung, die die rohe Gewalt auf den Intellektuellen ausübt. Dazu das Charisma der Macht. Die durch eine Bemerkung des Fürsten erregte Eitelkeit. Doch das währte nur so lange, wie es nach oben ging.

Kaum dass man ihm den Titel eines Nizâm al-Mulk verlieh, wurde Abu Ali sich der Tragik seines Weges bewusst, sich zurücksehnend nach der Arglosigkeit früherer Jahre ...

Rückhaltlos hatte er sich eingebracht, sein ganzes Gewicht in die Waagschale geworfen.

Der Fürstenspiegel, den er für die Erziehung des Thronfolgers verfasste, kaschierte diese Wehmut durch metallene Prägnanz des Stils, herbe Arroganz.

Er hatte einen Vorteil gegenüber seinen Brüdern: Badras Liebe.

...

Liebst du mich?

...

Ich liebe dich, hatte Hassan gesagt.

Ich liebe dich, hatte Omar gesagt.

Ich will uns gemeinsam im Bett gemeinsam am Tisch gemeinsam im Grab, hatte Abu Ali gesagt. Ich brauche dich, um meinen Traum vom Leben wahr zu machen, meine Leidenschaft im Zaum zu halten. Ich will dich robust und gesund, weil ich dich als Stütze brauche.

... Es war seine Schlichtheit, von der Badra sich hatte verführen lassen ...

Sie war die einzige, die von seinen pessimistischen Anwandlungen hätte reden können, seinem mimosenhaften, versteckten Despotentum, seiner Labilität. Von seiner lachenden Großmut.

Hassan sagte nichts / fasste den Plan Abu Ali eines Tages zu töten

Omar weinte viel, ließ die Tage zu Totengräbern werden

...

27

...
Es gab Transformationen im Reich.

Neue Staaten wurden gegründet, grell und aggressiv. Verkrüppelte Nationen, mit hängender Zunge.

Die Jugend in schmutzigen Kriegen geopfert.

Dumpfe, mörderische Sekten, gegen die Al-Ghazâlî im Einklang mit der Sunna zu Felde zog, ohne sie zu begreifen. Lehnte er doch Gewalt schlichtweg ab. Er war mutig und verstand es, in klarer, schneidender Sprache zu attackieren. Wegen der Polemiken, die er vom Stapel ließ, verfolgte man ihn, doch er ließ sich nicht mundtot machen.

Al-Ghazâlî war die Zierde seines Jahrhunderts.

Neureiche Schwachköpfe. In rauen Mengen.

Die Mongolen an den Grenzen des Reichs. Raffgier des Interim.

Bedrohung.

INTOLERANZ.
Und allerorten war vom Volk die Rede.

28

…

…
Der Frühling in Nischapur war ein Ereignis. Alle Familien begaben sich vor die Stadttore, um das junge Grün zu begrüßen. Zarte Farben, die einen umarmen. Frische.

Ein Fest.

Den ersten Blumenstrauß pflücken.

Die Kinder ließen sich die mit Datteln gefüllten Grießkekse schmecken.

Die jungen Mädchen testeten die Wirkung der Liebestränke.

…

Die getrockneten Lehmziegelmauern blitzten vor Licht.

Leuchtkraft der Stoffe.

Freigebigkeit der Natur.

29

…

…

Der Sommer war immer sehr heiß. Trocken.

Der Schirokko hielt die Besucher aus Nischapur fern. Staub drang überall ein.

Die alteingesessenen Familien der Stadt begaben sich in die Sommerfrische nach El Hamma - einem Dorf circa zwanzig Kilometer außerhalb der Stadt, wo es reichlich Wasser und Schatten gab.

Es war die Zeit der Hochzeiten, der Reiterspiele und der weiblichen Magie.

Ferienzeit.

In Nischapur kam es immer wieder zu Cholera-Epidemien, man hielt die Bevölkerung in Unwissenheit.

Nicht immer empfand man die Hitze als unangenehm.

30

War es der Mangel an Bäumen? Den Herbst jedenfalls bemerkte man nicht.

Fast übergangslos folgte auf den Sommer der Winter. Es war kalt. Wenn es schneite, wurde jegliche Aktivität unterbrochen, bis der Schnee wieder schmolz. Und dann stapfte man tagelang nur durch Schlamm.

Der Regen schwemmte alle nicht fest verfugten Ziegel von den Dächern, riss in den Vororten so manche Hütte ein.

…

Das Alltagsleben war trist. Nicht nur in Nischapur.

31

Glücklich bin ich nicht ... So viele Nuancen habe ich in mir zum Verstummen gebracht, um einem bestimmten Bild zu entsprechen, einer vergilbten Hektografie.

Du wolltest es doch so!

Gewimmel mannbarer Wölkchen.

Khayyam fand die schmucklose Leere seiner Existenz bisweilen unerträglich. Die Schriften der Moralisten halfen ihm so gar nicht weiter.

...

Da, ein Leser, der den Spiegel zerbricht .../...

Sich Fragen stellt:

Die Seele, verzerrt. Glühend.

Ein Ausdruck?, ein Gestolper.

Das hier ist eine Illusion, die mir nicht sonderlich hilft, die mich demontiert und durcheinanderbringt.

Ich will eine einfache Wahrheit.

Leitwörter, die meinen unsortierten Blick befrieden.

Rettungsbojen.

Einen freundschaftlichen Rat.

Ich bin verunsichert.

Die einfache Wahrheit kann jeder niederschreiben, wirklich jeder, ohne fremde Hilfe: Wir sind abgerichtet aufs Lügen, angestachelt von infamer Niedertracht, Horror und Entsetzen.

Gleisnerisch jeder Atemzug.

Ich nehme dich mit. In meinen Traum. Damit wir lernen, gemeinsam das seltsam Selbstverständliche zu sehen. Denn es schmerzt mich wie dich auf der Straße jeder Schritt.

So lange geht das nun schon!

... wir sollten uns zusammen tun!

...

32

Khayyam arbeitete viel, um nicht weinen zu müssen. Weil er nunmehr alleine lebte, hielt er die Liebe für den alleinigen Daseinszweck.

Pracht und Herrlichkeit.

Er alterte anders, und das fiel ihm auf.

Er hatte es so gewollt.

Badra wäre fast gestorben.

Ich werde dich immer lieben werde ich dich

Mit Nizâm al-Mulk führte sie ein geruhsames Leben. Ein fragiler Frieden.

Sie lebte frei von materiellen Nöten, in aller Stille, geborgen und umhegt.

Eines Tages stellte sie staunend fest, dass ihr die Erinnerung keine Schauer mehr durch den Körper jagte.

Ein simples Erstaunen.

Ich wünsche mir ein Kind, sprach sie. Verblüfft.

Von mir

Von dir.

Sie bekamen zwei Töchter: Hasna und Drifa.

Ich werde dich immer lieben.

Als Hassan Nizâm al-Mulk ermordete, zog Badra sich nach Schiraz aufs Land zurück und ward in der Öffentlichkeit nicht mehr gesehen. Trauer.

Die beiden Töchter wuchsen am Hof in der Obhut eines Onkels heran.

33

Hassan strebte die absolute Herrschaft an.

... Seine Mörder terrorisierten das Reich, ohne das Volk für ihre Sache zu gewinnen. Denn ihre Doktrin war komplex und forderte bedingungslose Gefolgschaft.

Unterwerfung.

wir sind der Tote und Du bist Jener der ihn wäscht
wir sind reglos in Weihrauch und Leichentuch

Du lenkst jede Seele an den von Dir gewählten Ort
Du befindest mich o Freude Deiner Kette würdig

Khayyam: und du findest Leute, die dir Glauben schenken!
Hassan: auch du lässt dich vom Anschein blenden!

Khayyam war strikt gegen jede Art von Gehorsam oder Treue gegenüber einer Sekte.

Das Benehmen der Assassinen flößte ihm Unbehagen ein. Eine einzige Erfahrung lockte ihn, die Freiheit.

34

…

Der Mord an Nizâm al-Mulk, einer der Gründe für den Bruch.

Omar sollte niemals über die Öde der nachfolgenden Jahre reden.

Eine schmerzlose Agonie.

…

Er genoss großen Ruhm.

Von Murcia bis Kyoto verlangte man nach ihm …

Es amüsierte ihn, verärgerte ihn.

Dem Rektor von Nischapur, der ihn drängte, im Ausland Vorträge zu halten, antwortete er ausweichend:

Außerhalb Nischapurs ginge ich glatt verloren, und so, wie ich immer mit der Zunge anstoße, würde man nur über mich lachen.

...
Einsamkeit ist keine gute Sache
Schüttelfrost
Eiszeit
Immer lieben werde ich dich

... über mich lachen.

35

Kahir kam. Und überbrachte mir die Nachricht von Hassans Tod.

...

Wir haben lange zusammen geweint.

Er hatte ihn insgeheim im Obstgarten des Schlosses begraben und den anderen Getreuen gesagt, Hassan habe sich zurückgezogen - der angekündigte Rückzug in die Verborgenheit - um zum Großen Appell wieder zu erscheinen. Der Orden solle derweil seine Existenz fortführen, unter Leitung des Rats, den Hassan eingesetzt hatte, und das begonnene Werk fortsetzen. Den finalen Triumph vorbereiten.

Kahir führte Hassans Willen aus.

Er wollte, dass ich die Wahrheit erführe. Der Meister wollte, dass du es als einziger weisst, und deshalb werde ich sterben, sagte Kahir.

…

Ich habe Kahir vor seiner Abreise durch Nischapur geführt. Alles war geschlossen, und wir hatten keine Gelegenheit, ein Glas im Gedenken an Hassan zu trinken.

…

Ich blieb allein zurück.

…

Nirgends ein Ort, wohin den vor Geduld berstenden Blick zu wenden.

O Dürftigkeit des allerletzten Wunsches.

36

Durch den Tod überstürzten sich die Ereignisse. Unausweichlich.

Ich ordnete meine Aufzeichnungen.

Eine Gruppe junger Dichter aus Bagdad lud Khayyam ein, an ihren Soireen teilzunehmen. Halblegale Lesungen. Man ging kein Risiko ein, der neue Kalif hatte sich zum Beschützer der Künste erklärt.

Er konnte schwerlich ablehnen.

37

In Bagdad wurde mein Talent sehr geschätzt.

Man quartierte mich in einer Pension unweit der Nizâmîya ein.

Die poetischen Soireen hatten großen Zulauf, ein buntgemischtes Publikum. Sie zogen sich bis in den frühen Morgen hin. Eine ganze Woche lang.

Mein Erfolg beduselte mich, der Glanz der Kunstsalons fehlte mir schon ein bisschen. Ein pulsierendes Treiben, es wurde reichlich getrunken.

In Nischapur war mein Leben blass.

...

Ich werde dich immer lieben

...

Ein junges Mädchen erinnerte ihn an Badra. Khayyam musterte sie eindringlich, ohne je ihren Blick zu kreuzen. Am letzten Abend näherte er sich ihr, aber sein Körper zitterte so sehr, dass er sie nicht ansprach.

Sie hatte ihn gar nicht bemerkt.

…

Lieben werde ich dich

Die Woche hatte mich ausgelaugt. Ich fand keinen Gefallen mehr an solch durchgefeierten Nächten.

Es war ein lichtloser Glanz.

Langweilte mich.

Zusammensinken.

…

38

Es war Nacht, als Omar wieder in Nischapur ankam.

Eine schwüle Nacht.

Opak.

Am Westtor die Wächter waren angeödet. Die Formalitäten rasch erledigt.

...

Die Stadt lässt sich nur erahnen, als kompakte Masse in der Dunkelheit ...

Traurigkeit befiel Omar, der mechanisch den Rücken krümmte.

Kein Mensch erwartete ihn.

... Lieben werde ich dich

Das Taxi, das ihn bis zur Haustür brachte, verlangte fünfzig Dinar.

Khayyam sagte: in Bagdad sind die Taxis aber billiger.

Lächelnd der Chauffeur: wir sind hier in Nischapur. Das ist der Tarif.

...

Das Schlafzimmer düster und streng. Kreuz und quer stapelten sich Bücher. Das Fernrohr. Die unfertigen Karten. Die astronomischen Tafeln, die Konstanten- und die Logarithmentafeln. Und alles von einer Schicht Staub bedeckt, als wären die Räumlichkeiten unbewohnt. Er stand. Aufrecht und steif. Hielt die Augen geschlossen.

Stille, die Stille.

Er warf sich aufs Bett, ohne sich die Mühe machen, sich auszuziehen.

Die Szene war Reminiszenz, wie alles, was ihm seit einiger Zeit widerfuhr.

... werde ich dich ...   schlief mit Migräne ein.

...

...

Schweißnasses Erwachen. Der Tag teigig bleich.

Er baute sich vorm Fenster auf, ohne Blick für die lässigen Regungen der Dinge. Die Fliegen. Mücken. Kakerlaken.

Er fühlte sich fiebrig.

Er trank drei Kaffee ... beschloss hinauszugehen.

Die Straßen beklemmend.

Der Schmutz eine Qual für das Auge, die gewöhnliche Entweihung.

Horden von Kindern rissen Baumschösslinge aus. Zerschlugen eine Parkbank. Demolierten die Gehwege.

Eine hämische, bettelarme, leidgeprüfte Horde.

Die Gesichter waren hart, fremd. Eine Wüstenei.

Erosion erniedrigter Seelen.

Dabei wollte ich doch immer in Nischapur leben!

Immer

hast du das gewollt

Ich bin nur ein Fähnchen im Wind

Die Störche waren schon fort. Manche Dächer wiesen noch Spuren ihres Durchzugs auf.

Ich habe nie gewusst

immer

Ihn beschlich ein undefinierbares Unwohlsein, das ihm den Blick trübte. Seine Empfindungen verwirrte.

Ich will nicht in der Öffentlichkeit in Tränen ausbrechen!

immer

Er riss sich von sich selber los, in einem nie erlebten Sog.

Geschredder.

Seine Gliedmaßen zersprangen ohne echtes Schmerzempfinden. Bruchstücke.

Zersplittern des Körpers. Straucheln des Seins. Taumeln.

Eine vorsätzliche Zerstäubung.

Er seufzte tief auf ... Ich bin erschöpft / ich breche gleich zusammen!

Schwindelerregendes Selbstmitleid.

Er dachte: das hat man davon, wenn man aus seinen Gewohnheiten ausbricht.

Er hatte Nischapur mit der ganzen Schönheit des Paradieses geschmückt.

Ein Haufen heulendes Elend, der im chaotischen Gewucher seiner Ränder erstickt. Ausgehungert die Straßen. Hässlichkeit.

Ich werde dich immer lieben

Nischapur umwob den Raum mit Magie, ein schlummernder Albtraum.

Der Verkehr war dicht. Heftig. Viel Lärm. Und herumspritzender Schmutz.

Du hast es so gewollt!

Nichts habe ich gewollt. Ich weiß nicht. Lass mich!

Er schrie:

Man kriegt keine Luft!

Er röchelte.

Und stürzte zu Boden.

... Ich werde dich immer lieben werde ich dich ...

Es gab einen Menschenauflauf, und sein Leben entrollte sich wie ein Märchen.

So starb Omar Khayyam, dessen Ruhm Nischapur überstrahlen sollte.

Wer erinnert sich noch des Astronomen?
Vielleicht der im vollen Kelch sich spiegelnde Mond.

39

Es waren einmal in Nischapur Hassan as-Sabbah, Abu Ali Nizâm al-Mulk und Omar Khayyam.

Badra, allein vor sich hin sinnierend, fing die Erinnerung an in jäher Ekstase Verlorenes ein.

NACHT MIT HASSAN

Echo

Wirklich, ich lebe in finsteren Zeiten!

Bertolt Brecht

Es war in einer Kneipe, am oberen Ende der Rue Didouche. Damals, als ich in Cherchell meinen Wehrdienst ableistete, fuhr ich jedes Wochenende nach Algier. Wenn ich mich recht entsinne, war es auch diesmal von Samstag auf Sonntag. Nachdem ich bei meinen väterlichen Freunden vorbeigeschaut hatte, Mohammed und Naget Khadda in der Passage Calmels, Mustapha Kaïd und Simone am Boulevard Mohammed V und Jean Sénac in der Rue Elisée Reclus, begab ich mich, in der Hosentasche die Haustürschlüssel, mit Mahrez und anderen Kameraden, die ebenfalls Ausgang hatten, auf Tour durch die verräucherten Kneipen der Stadt. In den Jahren 1972 und 1973 kreiste alles um die AGRAR-REVOLUTION (großgeschrieben, wie die revolutionäre Doxa es verlangte), und die Spruchbänder verkündeten kühn, in knallroten Lettern: „Ab heute produzieren die Ölarbeiter besser und mehr“, uns aber beschäftigten in der Euphorie der Theke ganz andere Themen. *Die sozialistische Option* warf allenfalls, so ab der dritten Runde, Stoff für schallendes Gelächter ab. Man vergass, dass die Wände Ohren hatten: die Armee kann uns mal! Viele der Witze stammten aus den Ostblockstaaten oder der Sowjetunion und waren nur landestypisch umfrisiert. Das Gelächter dröhnte um so lauter, je dichter sich die Flaschen auf dem Tresen häuften, und so flink Tonton oder Momo auch im Abräumen waren, nirgends ein freier Fleck, um mal sein Glas abzustellen.

Ich saß hinten im Raum, allein vor meinem fast leeren Glas Rosé, die anderen diskutierten wohl an der Bar oder waren zum Pinkeln im Untergeschoss. Von dort, wo ich war, sah ich nur die eine Ecke vom Tresen, an dem sich hoch aufgeschossene Typen in gepflegtem Dress drängten. Apparatschiks vermutlich, die ihre Woche mit ein paar kräftigen Schlucken *Black Label* begruben. Ich ließ meinen Blick über die blätternden Fresken und die ziemlich verschlissene Jugendstil-Dekoration schweifen, doch mein Geist behielt von all dem kein klares Bild zurück. Ich trieb in einem Meer schwirrender Stimmen, einem turbulenten „Brouhaha“, wie Bulgakow es schätzte. Leicht beduselt versuchte ich, im sich kräuselnden Rauch einen Zweizeiler zu packen zu kriegen:

Alger une perm
je ne bougerai pas de ma cigarette

Auf Ausgang in Algier
ich rühr mich nicht von meiner Zigarette weg

Ziemlich eindeutig das Ganze.

Jean fand, ich sei nicht nuanciert genug. Blind verordnete ich den Wörtern einen kategorischen Sinn, der durch nichts zu rechtfertigen sei, nicht durch den Klang, nicht durch die Syntax und noch weniger durch eine innere Logik. Er sagte das ohne jeden Vorwurf. Ich für mein Teil machte das ganz bewusst, freilich ohne theoretische Vorüberlegung, und genau das warf mir Jean immer wieder vor in unseren hochwogenden Debatten über die Notwendigkeit, das Poem in den ewigen Fluss der Ideen und die erotische Wölbung des Buchstabens einzubetten. Ich verweigerte mich entschieden einer Dichtung im Dienst irgendeiner Doktrin, denn ich glaubte mit der ganzen Unschuld des Anfängers ans automatische Schreiben.

War es im *Blue Note* oder im *Quat'zarts*? Er nahm ohne große Umstände Platz und fing an, auf mich einzureden. Mit einer ununterbrochenen Flut von Aphorismen und flammenden Metaphern, als wären wir alte Bekannte. So außergewöhnlich war es nicht, angesichts des Ortes und der fortgeschrittenen Stunde. Und vielleicht keimte ja in diesem Moment das Projekt der *Nacht mit Hassan* auf, das ich in meinen Plastiktüten mit mir herumtrage. Ich kannte schon damals Vladimir Holans Gedicht *Eine Nacht mit Hamlet,* das mich regelrecht umwarf, als Alain uns einige Passagen daraus im umgebauten Dachboden von José-Luis vortrug. Meine Vorliebe für Langgedichte verdankt sich höchstwahrscheinlich dieser atemberaubenden Holan-Lektüre, neben *Piedra de Sol* von Octavio Paz, das ich in der Übersetzung von Benjamin Péret gelesen habe. Für Hassan as-Sabbah interessierte ich mich damals noch nicht, ich war ihm vage bei Baudelaire in den *Künstlichen Paradiesen,* bei Nerval in dessen *Reise in den Orient* oder auch in der Korrespondenz zwischen Burroughs und Gysin begegnet. Ich studierte damals vor allem die Klassiker des Marxismus und die Geschichte der revolutionären Bewegungen, angefangen bei der Pariser Kommune. Ein Artikel von Maxime Rodinson, in *Marxisme et monde musulman,* lenkte meine Aufmerksamkeit auf Sultan-Galijew, einen muslimischen Bolschewiken mit tragischem Schicksal. Ich begeisterte mich für Galijews zum Scheitern verurteilten Plan, den historischen Materialismus mit den Vorschriften des Koran zu versöhnen. Man musste wohl Tatar ein, um eine solche Synthese zu wagen! Meine Fragen blieben im Ungefähren. Mag sein, dass ich sie nicht vertiefen wollte, um meine Kameraden nicht zu enttäuschen. Ich lag nicht auf der allgemeinen Linie, gleichwohl bekundete ich keinerlei Absicht, mich von der Gruppe abzusondern. Später sollte ich erfahren, wie schmerzhaft notwendig so manche Enttäuschung ist, um dem eigenen Weg treu zu bleiben, auf riskanten Pfaden durchs Unterholz. Im Augenblick aber wusste ich nicht, mit welchem Dreh ich mich des Störenfrieds entledigen könnte. Er hatte nichts von mir erbeten, weder Zigarette noch Münze. Wenn er sprach, schnalzte er mit der Zunge, als ärgere er sich über einen imaginären Gegenspieler, der ihm Kontra gab. Was er sagte, klang kohärent, auch wenn er ein Oxymoron ans andere reihte und fantastische Behauptungen aufstellte: über *die Stunde*, die unmittelbar bevorstünde (*la Hora de los Hornos*, aber so konnte er das gar nicht gesagt haben, ich war beschwipst) und über die Notwendigkeit, sich gründlich darauf vorzubereiten, und zwar ab sofort, um nicht unversehens von irgendeinem blinden, aus dem Gehege entlaufenen Kamel über den Haufen gerannt zu werden. Ich sah da eher einen alten zusammengeflickten Peugeot 404 vor mir, der über die Moutonnière ratterte.

Diese ganz gewöhnliche Situation in einer belebten Kneipe von Algier sollte letztlich zum Auslöser für das Ganze werden. „Das Sichtbare ist nur der Reflex des Unsichtbaren“, sagten die Eingeweihten mit einem Augenzwinkern, und mancher bekam sich kaum noch ein vor Lachen. Aus reiner Nervösität, argwöhnte ich. Weil sie wohl fürchteten, dass das Sichtbare, käme es allzu grell daher, den Blick in die Irre führte. Ich persönlich misstraute jeder Art von Reflex.

…

Gewiss hatte ich die Selbstzensur und den offiziellen Jargon vom „sozialistischen Aufbau des Landes“ schon längst verinnerlicht und griff, um nicht die Aufmerksamkeit auf meine Person zu lenken, vorzugsweise auf Parabeln und Andeutungen zurück, die dann in der Fiktion weiter ausgeführt wurden. Wie alle meine Landsleute war ich mit der Vielfalt parallel existierender Sprechweisen vertraut und regte mich über die Falschheit und den Zynismus des öffentlichen Diskurses nicht allzu sehr auf. Nur in einem Punkt habe ich niemals nachgegeben: beim Einsatz billigen Lokalkolorits, bloß um authentisch zu sein. Schleier und Kamele, besten Dank aber auch. Die reinste Tortur ...! Doch ich verfügte über die robuste Gesundheit und Muße der Jugend, um mühelos Chaos und Verfall zu überstehen.

In einem deiner Briefe schriebst du mir: „Ich habe bei Borges Verse gefunden, die auf dich zutreffen, obwohl du noch nicht im Zielhafen gelandet bist: ‚Es heißt, Odysseus habe, satt von Wundern,/ aus Liebe geweint, als er Ithaka,/ grün und schlicht, sah. Kunst ist dies Ithaka,/ aus grüner Ewigkeit und nicht aus Wundern.‘ Kennst du sie? Sind sie nicht wie für dich gemacht?“ Der Brief war geöffnet, aber nicht beschlagnahmt worden. Die Postzensoren der Kaserne mokierten sich über Liebesgedichte. Manche schmierten obszöne Bemerkungen an den Rand.

Nein, ich kannte sie nicht, diese Verse ... Was ich im Kopf hatte? Die Scherereien holen dich dann später ein und verlangen exakte Rechenschaft, immer just in dem Moment, in dem du dich mal zurückgelehnt hast.

So ganz allein mit diesem Kerl, der mich zutextete, ohne sich darum zu kümmern, ob ich überhaupt zuhörte, wurde mir die Zeit nun lang. An jenem Nachmittag hatte ich auf den Bücherregalen in Mohammeds Diele einige Nummern der Zeitschrift *Souffles* und einige Lyrikhefte der Editions Atlantes entdeckt. Die Titel hatten mich sofort gefangen genommen: *Plus haute mémoire* von Mostefa Nissaboury, *Race* von Abdellatif Laâbi und *Villes et autres lieux*, von Malek Alloula. Ich erinnerte mich noch an das von Jean Sénac in der Einleitung zu seiner *Anthologie de la nouvelle poésie algérienne* zitierte Schreiben, mit dem Alloula es ablehnte, in einem Sammelwerk publiziert zu werden. Ich hatte das Bändchen verschlungen, aufgewühlt davon, wie vertraut es auf mich wirkte. Zwei Verse waren mir im Gedächtnis geblieben, sie passten perfekt zur aktuellen Lage:

le nombril d'un orient débraillé
roule les miasmes d'une mémoire en chaleur.

der nabel eines schludrigen orients
lässt die miasmen brünstiger memoiren kreisen.

Warum ließen die anderen mich so hängen? Noch dazu hatte ich keinen Sou in der Tasche, um nochmal etwas zu bestellen. Die Situation war heikel, und meine verflossenen Lektüren konnten mir hier nicht weiterhelfen. Trotzdem begann ich, an den *Muezzin* von Mourad Bourboune zu denken. Ich hatte ihn bei meinem Bouquinisten in der Rue Durantin gekauft, ohne zu zögern, wegen der Editions Bourgois, bei denen ich zuvor Lovecraft entdeckt hatte. Ich habe den Roman am Stück verschlungen. Zwar habe ich ihn nicht in seiner ganzen Tiefe verstanden, doch die Modernität des Textes und die visionäre Handschrift haben mich sofort ihren Bann gezogen. Da ich in Paris lebte und nach Algerien, genaugenommen nach Mostaganem und Beni Zeroual, immer nur in den Sommermonaten kam, hatte ich nur eine sehr ungefähre Kenntnis des Landes - auch wenn ich bei den hitzigen Treffen unseres Studentenkreises immer das Gegenteil behauptete. Theoretisches Wissen, erworben in historischen, politischen, ökonomischen Werken. In literarischen Texten auch, doch nicht sehr vielen, oder ich hatte sie nur überflogen. Erst viel später, nach Abschluss des Militärdienstes, habe ich die algerischen Autoren wirklich gelesen. Ich kannte ein wenig von Dib (*Au café*, *Qui se souvient de la mer*, *Le Talisman*, *Cours sur la rive sauvage*), ich bewunderte seinen fantastischen Realismus, ahmte ihn nach; auch das Theater von Kateb Yacine, ich beneidete ihn um seine Kunst, die griechische Tragödie wieder zum Leben zu erwecken; das *Journal* von Mouloud Feraoun, *Matinale de mon peuple* von Jean Sénac, das Buch hatte er meinem Vater gewidmet; und die Dichter der von Denise Barrat zusammengestellten Anthologie, dazu *Le quai aux fleurs ne répond plus* von Malek Haddad, *Le Grain magique* von Taos Amrouche und andere vergessene Bücher. Sachen, die ich auf dem Gymnasium gelesen hatte, oft einfach, weil die städtische Bücherei des 19. Pariser Arrondissements oder die von Massy diese Bücher erworben hatten. Die Gedichtbände lieh ich mir bei Monique und Abdallah Benanteur aus. *Bivouac des certitudes* von Boualem Khalfa, das war wohl bei Claudine oder Mohammed. Als Gymnasiast war ich vor allem für die Namen der Autoren sehr empfänglich: Gréki, Al-Khansa, Kréa, Novalis, Joyce, Tarâfa, Attila József, Breton, Hölderlin, Kafka, Iqbal, Valejo, Adonis, Lagerkvist, Akhmatova, Lorca, Poe, Rimbaud, Imroul'Qays, und so fort. Mit der jeweils passenden Intonation ausgesprochen, wieder und wieder, klangen sie, als hätte ich sie alle persönlich gekannt.

Tatsächlich und aus nächster Nähe waren mir die algerischen Emigranten bekannt, die ich oft in ihren Baracken im Elendsviertel von Gennevilliers besuchte oder in den Gastarbeiterhotels in Avron, in denen sie wohnten. Meine Sonntage verbrachte ich in den öffentlichen Verkehrsmitteln, auf dem Weg zu den einen oder den anderen. Viele meiner Kindheitsfreunde aus Mostaganem waren auf Arbeitssuche übers Mittelmeer gekommen, waren Hilfsarbeiter auf Baustellen oder angelernt in der Fabrik. Nur Tahar hatte eine Ausbildung zum Elektriker begonnen. Wir verbrachten die Nachmittage im *Zanzi* oder der *Chango Bar*, Minztee trinkend und auf unser Land schimpfend, um uns herum lebhafte Stimmen, klappernde Dominosteine und das Geknister des Scopitones. Noch war der bittere Geschmack des Exils nicht dem eifrigen Bestreben des Immigranten gewichen. Relikte dieser Epoche bewahre ich in meinen Schubladen auf, ungeschickte Versuche, die Stimmung der Zeit einzufangen:

Ich habe im Exil gelebt
Wir bildeten ein Museum mit all den Freunden im Exil
Und eines Tages lernte ich Nazim Hikmet kennen
Er war älter als ich
Ich stellte ihm sämtliche Fragen und wir sprachen
Dieselbe Sprache
Da ist das Leben und sonst ist da nichts

Und die Kinos von Barbès gab es, um die Zeit totzuschlagen.

Konnte der *Muezzin* mir unter diesen Umständen weiterhelfen?

Mein Gesprächspartner war kein Stammler. Wäre ich nicht so mit dem Fernbleiben meiner Kameraden beschäftigt gewesen, hätte mich sein Redefluss, dem ein leichtes Lispeln eine heitere Note verlieh, garantiert fasziniert. Ich schloß die Augen und ließ ihn reden. In solchen Fällen schaltet man am besten den Autopiloten ein.

...

Alamut stand auf keinem der Schilder, auch nicht im Guide Michelin, den ich aus Paris mitgebracht hatte. Die aktuelle, überarbeitete Ausgabe! Der Taxifahrer, der Khayyam auf einer steilen Straße voller Schlaglöcher chauffierte, hatte die Fahrt nur zu einem total überzogenen Tarif angenommen. Risiken haben ihren Preis. Es war gefährlich, dort nachts unterwegs zu sein, vor allem auf Höhe der Djeddâr-Grabhügel, hinter denen eine Bande von Raubmördern ihr Unwesen trieb. Das Leben hat keinen Preis, und ein jeder soll jenes achten, das der Herrgott ihm geliehen hat. Ich hatte einen Hass auf die gnadenlose Geldgier der Taxifahrer. Diese Leute waren von Grund auf böse, sie bekamen den Rachen nicht voll! Auf der vom letzten Licht des Sonnenuntergangs erhellten Strecke riss ihn kein nennenswerter Zwischenfall aus seiner Träumerei. Er muss trotz des Geholpers des klapprigen Peugeot 404 wohl eingeschlafen sein. Kein richtiger Schlaf, denn das Geschimpfe des Fahrers auf das Staatsmonopol, die Ursache sämtlicher

Versorgungslücken, drang an sein Ohr. Zum Glück gab es da einen in den Bergen, der es wagte, sich dagegen zu erheben. Der weder die Armee fürchtete noch den Geheimdienst. Ein ganz Couragierter, ein Aufrechter! Er bereitete seine Truppen zum großen Angriff vor. Es hörte sich an wie eine Litanei, dann wurde daraus ein Geplätscher kleiner Bachkiesel. Irgendwann bin ich zusammengezuckt, als ich es wie aus einer Geröllhalde tönen hörte: „Ich suche mein Antlitz von vor Anbeginn der Welt." Mein Glas war wieder voll, das sah ich sofort. Dazu auf dem Tisch zwei Schälchen, randvoll gefüllt, im einen Kichererbsen mit Kumin, im anderen gekochte Schnecken an Thymian. Das war das Kneipenwunder, und es wiederholte sich mit erstaunlicher Regelmäßigkeit. Ich lud den guten Mann ein, doch mitzuknabbern, und bat ihn, keinen Anstoß zu nehmen an jenem *Löwenblut* - rot wie die Rosen von Schiraz - das ich trank, ohne indes zu wagen, ihm davon anzubieten. Ohne Reue oder Gewissensbisse trank ich - in meiner Wertschätzung für Abû Nuwâs und Ibn al Fârid ließ ich dem Nektar im Sinn der authentischen Werte unseres Kulturerbes Ehre angedeihen - und auch voll Vertrauen in die Barmherzigkeit des Allerhöchsten. Ungemein zufrieden deklamierte ich sogar:

Ich esse
ich trinke
wenn meine Freunde flüssig sind

Er schenkte meiner emphatischen Rezitation keinerlei Beachtung. Er kratzte sich am Bart, putzte sich die Nase, dann griff er sich eine Handvoll Kichererbsen, die er mit einem entschlossenen Haps verschlang. Einer vom Land, mit Sicherheit, obwohl er so gar nicht den Beschreibungen der *Charta der Agrarrevolution* entsprach. Über seine ungehobelten Sitten wunderte ich mich nicht und beobachtete nur stumm sein Treiben. Wie durch einen beschlagenen Spiegel hindurch sah ich ihn. Nun, da er an meinem Tische aß, hatte ich nichts zu befürchten. Ich ließ auf gut Glück ein paar rätselhafte Sätze über die Agrarrevolution vom Stapel, um zu testen, wes Geistes Kind dieser Mensch war:

Die Oliven verweigern sich der Presse
Mit hängendem Kopf
Das Öl in den Lampen brennt verschwenderisch
Die Agrarrevolution ist nicht einfach

Er nickte vage, ohne das geringste Interesse für meine engagierte Poesie zu bekunden, „ein blick der / immer unterirdischer / das metallene exil sondiert", und sprach weiterhin lebhaft den Schnecken zu und den Kichererbsen. Ich würde ihm doch jetzt nicht von meinen Irrfahrten durch die Länder des Nordens erzählen, oder von meinen Liebeskummer, der meinen Entschluss zur Heimkehr beschleunigt hatte, ohne dass ich auch nur über die Konsequenzen nachgedacht hätte. Würdevoll bleiben! Der Kult des Landlebens nötigt niemanden, die Hosen fallen zu lassen. „Man kann von niemandem Unmögliches verlangen", brachte mein Partner in gesetztem, von der bisherigen Flut an Spitzfindigkeiten völlig verschiedenen Ton hervor. Der jähe Wechsel des Tonfalls überraschte mich und zwang mich, ihn aufmerksamer zu betrachten. Er hatte meine Überraschung mit Genugtuung konstatiert, fuhr aber fort, als wäre weiter nichts gewesen, was mich nur noch mehr demütigte. Ich rührte mich nicht, der Abend fing ja eben erst an, ich würde schon noch Mittel und Wege für eine Retourkutsche finden. Fürs erste hörte ich zu. „Molke und saure Milch passen sehr gut zu dieser kleinen Vorspeise, aber ihr Akkulturierten, ihr mögt ja nur Genüsse, die übers Meer kommen. Der Alkohol stört mich nicht. Die Exegesen dessen, was verboten ist, sind subtil und widersprüchlich zugleich, sie gestatten durchaus den einen oder anderen Kompromiss. Und außerdem ist das reine Privatsache. Mich beschäftigen ganz andere Dinge! Da haben Leute Heuschrecken gesehen, auf deren Rücken *Gott* geschrieben stand, und gleich haben sie lautstark ‚O Wunder!' geschrien und ganz vergessen, dass der Kaiser von China auf dem Panzer einer Schildkröte einmal sogar einen Hexameter aus dem *I Ging* entdeckt hatte. Die Geschichte wiederholt sich schlicht vor unseren Augen. Die Rückkehr des Okkulten. Der Mensch ist weder Prometheus noch Faust - allenfalls eine Skizze im Sand -, wie kann er sich da so ganz unbedarft Gott oder dem Teufel ausliefern! Die an den Hauptmast genagelte Golddublone fasziniert wohl und weckt die Begierden, doch das Entsetzen, das vom Leviathan ausgeht, dämpft den Eifer der Besatzung. Jene, die da rufen: ‚Es lebe der Tod!' sind nicht unbedingt die Mutigsten. *Der Untergang des Abendlandes*, von dem bei Spengler zu Beginn des Jahrhunders die Rede war, ist der unsrige, nicht wahr? Ich wusste es gleich, als ich den Namen des Übersetzers las. Ich kenne meine Klassiker nämlich auch, doch ich weiß mich zu verkleiden, um inkognito durchs Land zu ziehen. Mein struppiger Bart ist nicht das Attribut des armen Landmanns, ich hasse es nur, mich ständig zu rasieren. Ich habe es täglich getan, um im großen Hörsaal gut dazustehen, dann im Büro, und danach bin ich dann ausgerastet. Mein Fall ist weder schwer noch gutartig, er gehört zu einer Medizin, die es bei uns noch nicht gibt, dabei sind wir doch in allem die Besten, wie alle Welt weiß. Es handelt sich um einen traumatischen Erschöpfungszustand: Folge eines ungebremsten Besuchs der Nationalbibliothek. Zu viele Bücher las ich. Ach, ich heiratete und stieg dank eines Cousins zum Führungskader in einem Staatsbetrieb auf, was meine Karriere zum Abschluss brachte, mir aber die Tore des Himmels nicht öffnete. Ich habe keine Kinder, meine Frau hat mich nach einem Jahr Ehe verlassen und die Wohnung behalten, die ich auf ihren Namen gekauft hatte. Sie hatte mir zu verstehen gegeben, dass ich nichts gegen sie unternehmen dürfe: Entweder ich ließe ihr die Wohnung oder sie machte die Mauscheleien publik, durch die ich an sie gelangt war. Skandal! Gefängnis! Ich war erledigt! Sämtliche Möbel hat sie behalten und den Fernseher auch. Meine Klamotten hat sie unter ihren beiden Cousins aufgeteilt, die gekommen sind, um bei ihr Wache zu schieben und mich davon abzuhalten, mein Heim zu betreten. Sie haben eine gepanzerte Tür eingebaut. So steh ich nun auf der Straße, ein Phantom, und finde keinen Weg aus dem Schlamassel heraus, denn trotz aller progressiven Reden ist Algier keine Oase, wo jeder nach seinen Bedürfnissen bedient wird. Ich könnte mich mit Hiob auf seinem Strohsack vergleichen, aber so ist es nicht, denn in meinem Karton fühle ich mich als König eines grenzenlosen Raums, in den niemand ohne meine Einwilligung hineinkommt. Nur einen Kakerlak gibt es, dem ich erlaube, auf meinem Platz zu schlafen, wenn ich nicht da bin. Wir bringen es fertig, uns ohne Geschrei zu verständigen. Die schnörkellose Freundschaft der Kakerlaken ist der tödlichen Heuchelei der eigenen Sippschaft allemal vorzuziehen. Die Feststellung ist nicht neu. Mag sein, dass ich völlig verbittert wirke, doch der Eindruck trügt. Ich bin weder Misanthrop noch rachsüchtig und unterstütze Bruder Boumédiène in seinem Bestreben, den algerischen Staat wiederherzustellen, so vorbehaltlos wie die ganze revolutionäre Avantgarde der Nation. Ich finde, dass er den rechten Kurs ansteuert, ganz in der Stoßrichtung der Geschichte. Meine eigene Biographie, dessen bin ich mir durchaus bewusst, ist nur ein Randphänomen beim Großen Abenteuer der moralischen Idee. Wenn ich sie hier zur Sprache bringe, dann nicht, um mich von der Masse abzusondern. Welch grauenhafte Vorstellung! Im übrigen erwähne ich nur äußere Merkmale, die jeder nachprüfen kann." Gerade wollte ich ihm eine Frage stellen, da gab mir Mahrez einen Klaps auf den Rücken und deutete auf Salah G., der hinter der Scheibe herumhampelte und Grimassen schnitt. Er drängte uns, zu ihm rauszukommen. Ich musste aufstehen. Mein Vis-à-vis blieb sitzen und knabberte mit unbeteiligter Miene weiter Kichererbsen, ohne sich um diese Unterbrechung zu kümmern. Er schwieg. Mahrez zog mich zum Ausgang, bevor ich auch nur Zeit gehabt hätte, mich zu entschuldigen und von dem Kerl zu verabschieden.

In der Folgewoche suchte ich überall nach ihm. Auf keiner einzigen unserer Sauf-Eskapaden habe ich ihn je wiedergesehen. Wen immer ich nach ihm fragte, überraschte sein jähes Verschwinden nicht. Man mutmaßte, er sei im Irrenhaus von Béni-Messous interniert oder einem Verkehrsrowdy auf der Moutonnière zum Opfer gefallen. Solche Sachen kamen in Algier häufig vor. Kein Mensch sorgte sich um seinen Verbleib. Ich vergaß ihn dann auch irgendwann, bedauerte nur, dass ich mir die eine oder andere seiner eigentümlichen Formulierungen nicht notiert hatte. „Das ist doch kein Drama", schimpfte Mahrez, „du kannst doch selber aufschreiben, was dir übel aufstößt. Schreiben ist sowieso immer was ganz anderes als das, was die Leute erzählen." Da war ich anderer Meinung. Da es mir an Fantasie gebrach, tat ich mich schwer zu schreiben, ohne zuvor zugehört zu haben. Sicher, ich konnte mich auch darin üben, das Urdiktat wahrzunehmen, das mich seit meiner Kindheit verfolgte. Doch ohne mehrere Wörterbücher und eine Bibliothek war auch das nicht so einfach. Es fiel mir leichter, mir mit den üblichen rhetorischen Tricks zu behelfen oder die Übung auf den nächsten Tag zu verschieben. Ich erinnere mich nicht mehr so ganz, es mochte an einem Sonntagmorgen in der *Cafétéria* gewesen sein. Dort frühstückte ich immer, da hatte ich die besten Croissants der ganzen Stadt und einen trinkbaren Kaffee. Auch aus anderem Grund war der Ort interessant: ab zehn Uhr morgens wurden dort schon alkoholische Getränke ausgeschenkt. Ich hatte auf dem Papier der Tischdecke zu schreiben begonnen, mit nichts anderem im Sinn, als meine Finger zu beschäftigen, die sonst unablässig auf die Tischplatte trommelten. Als ich ging, hab ich das Stück Tischtuch dann rausgerissen. Monate später habe ich den Text auf der Schreibmaschine der Kreisverwaltung von Barika abgetippt. Das machte ich rein mechanisch, um die ganzen Zettel, die sich in den Taschen meines Drillichanzugs häuften, wegwerfen zu können. Ich bringe ihn jetzt so, wie er ist, ohne jeden philosophischen oder politischen Anspruch. Der Text versucht einfach nur, die etwas fahle Stimmung des Moments der Begegnung wiederzugeben:

Der Alte vom Berge ist herabgestiegen
seinen Kaffee zu trinken
bei mir am Tisch
Er verlor seinen Bart mitsamt seinem Kopf
Papierkugel im Kuli Büro-Zeitvertreib
Mein Glas Rotwein offenen Mundes erbleicht
Ich ertränkte den Stuhl platt wie ein Bach
Ich war müde
.und die Leber tat mir weh
Der Alte ließ den Augenblick alt aussehen
Meine Hand mein Herz höher schlagen

Wenn ich mir heute den Text besehe, dann staune ich über meine Gedankenlosigkeit oder meinen Dünkel. Was hatte ich nur im Kopf, dass ich inhaltslose Fakten in einer Sprache notierte, in der das Triviale mit dem Abstrakten verschmolz? Und dabei sorgsam die

Worte so reihte, dass die Inhaltsleere verdeckt wurde, während ich die Mehrdeutigkeit eben jener Inhaltsleere durch einen an den Versanfang verirrten Punkt (.) unterstrich? Hatte ich ihn etwa dort platziert, um den Leser von jeglicher verhängnisvollen Annäherung an irgendeine verwischte Spur eines ephemeren Zeltlagers abzubringen? In der Leber konzentriert sich die Zärtlichkeit, vermischt mit dem stechenden Schmerz, den auf die Dauer das Exil auslöst. Ich hatte meine Großmutter mütterlicherseits eines Abends davon erzählen hören, als der Ostwind ihr den Schleier vom Kopfe riss, auf dem Weg zum Hammam von Sidi Ben Châ'a. Und das Herz? Ein Depot für Lösegeld. Eitele Maske! Denn damals musste ich erst noch beweisen, dass ich Rhythmus und Prosodie beherrschte, um anerkannt zu werden als Dichter. Die Lektionen, die Rilke so schulmeisterlich in seinen *Briefen an einen jungen Dichter* erteilt, mochte ich nicht besonders. Der junge Mann diente doch nur dazu, Rilke selbst ins rechte Licht zu setzen, und ich verübelte es ihm, dass er da mitgespielt hatte. Ein Strohmann! Monique Benanteur hatte mir das Buch geschenkt. Zuvor hatte ich ihr meine handgeschriebenen Gedichte zu lesen gegeben. Sie hat mir dann in gesetztem, um wohlwollende Neutralität bemühten Ton erklärt, wie sinnlos das mit dem Schreiben sei, wenn man keine innere Spannung verspüre, denn Poesie, das sei doch noch anderes als nur brillante

Worte und große Gefühle. Der Kaffeelöffel, die Tasse, die Untertasse, der Moment, in dem du umrührst, das alles zu erfassen und noch mehr, deshalb sei Rilke so wichtig. Abdallah hat nichts dazu gesagt, außer, dass es nichts bringe zu wissen, was die anderen von deiner Arbeit halten. Man müsse es einfach tun.

Schon wieder nur Worte.

Ich wollte berühmt sein, ein Ruf wie Donnerhall, ohne ein allzu großes Risiko einzugehen. Ich musste meine Brötchen verdienen, um die Freiheit zu haben, so zu schreiben, wie ich es wollte. Abdallah legte sehr viel Nachdruck darauf, wie wichtig es sei, sein Geld zu verdienen, vor allem solle der Broterwerb weit entfernt von aller literarischen und künstlerischen Tätigkeit erfolgen. Es sei gefährlich, Kunst und Job miteinander zu vermischen. Absolut! Und außerdem müsse ich erst mal meinen Wehrdienst beenden, um mich schnellstmöglich anderem zuwenden und ohne Probleme reisen zu können. Um nicht unverhofft irgendwo blockiert zu sein. Zwei Jahre bedeuteten doch nicht, irgendwo eingebunkert zu sein für alle Zeiten. *Quien sabe?*

Es gibt andere Gründe, extrem wichtige.

...

Ich habe Cherchell mit dem Grad eines Offiziersanwärters verlassen. Meine Versetzung nach Barika, als Offizier der Agrarrevolution, nötigte mich, zwei Wochen dranzuhängen, in denen wir einen Schnellkurs zu absolvieren hatten, der demagogischer kaum hätte sein können. „Barika, das reinste Straflager“, hatte Mahrez gesagt, den es nach Boumerdès verschlagen hatte, wo er eine ruhige Kugel schieben konnte. „Du wirst noch dein blaues Wunder erleben.“ Keiner aus meinem Jahrgang beneidete mich darum. Mir aber kam es zu der Zeit gerade recht. Ich wollte das Hinterland kennenlernen und die Wüste sehen. Dem Volk dienen. Vielleicht wird jemand von außerhalb später einmal diese Geschichte aufschreiben, eine Geschichte von Frust und Langeweile. Wie erklärt man das den jungen Leuten von heute? Warum haben wir, hat meine Generation alles akzeptiert? Nein, nicht akzeptiert, wir haben geschwiegen. Unsere Illusionen oder unsere romantische Veranlagung zwangen uns zu Kompromissen. Ein paar Blätter Behördenpapier mit spontan hingekritzelten Momentaufnahmen habe ich noch:

Montag:

Morgens die Sonne der Kaffee
presst den Himmel aus/
Früh der Bauer seine Klage vor verschlossener Tür//
...
Mittags klirrt die Sonne vor Ungewissheit
gleich einem Silberarmreif.//

Donnerstag:

Der Blick vergittert
grenzenlos Hindernisse

Ein Viereck weiß vom Zittern der Blätter
der Himmel verwaschen
stumm der Kreis

Dem Schraubstock die Sterne erklären
Erklären
...

Dann und wann kam mir der Verrückte aus Algier in den Sinn, und ich fragte mich, wie denn er in einer Kommission zur Vermessung der landwirtschaftlich nutzbaren Flächen reagieren und mit welchen Bonmots er die operative Kontrolle, die mir oblag, bedenken würde. Wir waren vier Offiziere, die den Ablauf der Parzellierung in den verschiedenen Kommunen des Kreises zu überwachen und die Großgrundbesitzer ausfindig zu machen hatten: GGB in der Terminologie der *Charta*, nicht zu verwechseln mit den „nicht wirtschaftenden Eigentümern", dazu Abgleich der Liste der Nutznießer der Landvergabe und administrative Unterstützung für diejenigen, die mit den beiden sozialistischen Kooperativen kooperierten. Ein strapaziöses Pensum. Mancher Kommunalsekretär oder Ratspräsident haute uns übers

Ohr und lieferte uns falsche Angaben. Man gab sich überaus freundlich, zeigte Verständnis für unsere Situation und lud uns oft zum Mittag- oder Abendessen ein. Wir waren himmelweit von allem entfernt. Ich glaube, ein solches Elend hatten wir uns einfach nicht vorstellen können. Wir hatten uns, nicht ohne ein paar Reibereien, darauf geeinigt, einen gleichlautenden monatlichen Bericht zu verfassen, nicht länger als eine Schreibmaschinenseite, in dem wir nur unsere Inspektionsreisen und die jeweils festgelegte Tagesordnung vermerkten, mit ein paar Varianten bei den verwendeten Adjektiven. Die Bilanz war immer die gleiche: RAS - *rien à signaler*, keine besonderen Vorkommnisse.

Bei einer Informationsveranstaltung für den ganzen Sektor in Batna hatte der Kommandeur lang und breit die Bedeutung dieses Berichts erläutert; von der Qualität der Beobachtungen hinge der Erfolg der zweiten Phase ab. Man müsse vorsichtig sein und dürfe weder in den Duktus polizeilicher Ermittlungen noch in Revolutionslyrik verfallen. Manche der Berichte waren mehr als sechzig Seiten lang. Das war nicht uninteressant, doch so viel verlangten die Behörden gar nicht. Kurz und bündig, so sollte es sein. Die Ökonomie des Texts war entscheidend für die Analyse, ein Tätigkeitsbericht verlangte keine Rhetorik. Der Kommandeur hatte sich über all die Chateaubriands amüsiert, die im tiefsten Aurès vor sich hin schmachteten. Diese ganze Literatur lagert wohl in den Archiven der Armee, in Erwartung eventueller Forscher, sofern sie nicht längst „der nagenden Kritik der Mäuse“ anheimgefallen ist.

Ich blieb oft bis tief in der Nacht im Offizierskasino, um mir im Fernsehen den Ciné-Club, das Programm für Filmfreunde, anzuschauen. Ich liebte diese späte Sendung, die sehr kundig von Ahmed Bedjaoui moderiert wurde. Ich hockte auf meinem Stuhl und versank im deutschen Expressionismus oder im italienischen Neorealismus, tausend Meilen von den Schikanen der kommunalen Volksverwaltung entfernt und doch fest in der „nationalen Realität“ verankert. Denn all diese Filme waren Teil unseres kulturellen Erbguts. Wenn ich zurück auf meine Stube ging, war es im Innenhof der Kaserne stockdunkel.

Ende August erhob sich ein heftiger, staubiger Wind. Die Nahrungsmittel knirschten vor Sand. Nachts herrschte ein solcher Lärm, dass ich kein Auge zubekam.

…

Ich setzte mich auf mein Feldbett und zündete mir in der Dunkelheit eine Algéria an. Mein Bettnachbar schnarchte. Am Tag hatten wir zusammen mit Si Mohammed, dem Generalsekretär der Gemeinde von N'gaous, eine Spritztour nach Sétif gemacht. Er kannte da ein dezentes Speakeasy, in dem wir den ganzen Nachmittag ein halbwegs kühles Bierchen zischten, das uns gleich kastenweise geliefert wurde. Si Mohammed verfügte über einen unerschöpflichen Vorrat an Anekdoten, deren Pointen er gezielt zu setzen wusste. Beim dritten Kasten entschuldigte sich der Wirt, uns nicht weiter bedienen zu können, weil er auch noch an die übrigen Gäste denken müsse. „Kein Problem!“ Si Mohammed bezahlte die drei Runden und schlug vor, mit dem Auto auf „Grisettenjagd“ zu gehen. Es gebe da eine breite Straße, die man entlangdefilieren könne ...

Alamut muss N‘gaous mit seinen ganzen Aprikosen-Mandelbäumen geähnelt haben. Die Assassinen waren fahle Schatten, mit Leib und Seele Hassan as-Sabbah ergeben, der sie eine blutige Doktrin lehrte. Er war neidisch auf Nizâm al-Mulk, den aufgeklärten Autokraten, und dessen Prestige. Mich interessierte einzig und allein der Lebensweg von Omar Khayyam. Ich hatte einen alten Schwarzweißfilm mit Cornel Wilde im Kopf. Den hatte ich in einem winzigen Kino in Paris gesehen, Rue de la Lune, im Revier der Grands Boulevards. 1959 war das, und ich war gerade angekommen. Ich war weit weg von der Straße, wo ich wohnte, ohne meine Freunde, um mir die Stadt mit ihren Sehenswürdigkeiten zu erklären. Ich weinte im Laufen. Ich ging in die Nonstop-Kinos, um den Kummer, in dem ich versank, zu vergessen. Verschwommene Eindrücke. Ich folgte nie dem erstbesten Einfall, wenn dahinter nicht ein visionärer Blitz aufschien. Ich ging jede Idee wieder und wieder durch, zig Male, bevor ich sie auf die Wortprobe stellte. Endlos schob ich den Moment hinaus, das leere Blatt in Angriff zu nehmen. Ich ließ die Bilder Revue passieren, ohne jede Eile, sie in einem Text zu fixieren. Der Vorteil war, dass ich ohne Schmierpapier auskam. Ich las viel, um dem, was mir vorschwebte, deutlichere Konturen zu geben.

... Omar war auf einen Hassan gefasst, der die ganze Nacht mit ihm würde durchmachen wollen. Sie hätten über ihre Studienjahre in Nischapur zusammen mit Abu Ali geredet und über die Ursache ihres Zerwürfnisses diskutiert. Er wollte verstehen, warum ihre Freundschaft sich aufgelöst hatte. Die Liebe zu Badra hätte sie doch einen müssen, selbst wenn sie nicht alle drei geheiratet hatte. Hassan hatte den Posten, den er angestrebt hatte.

... Kahir empfing ihn und ließ ihn im Vorzimmer warten. Dann führte er ihn in einen großen Raum, in dem auf einem ziegelroten Teppich ein Messingtablett mit Essen und Getränken stand. Er sagte ihm, er möge es sich bequem machen und zugreifen. Die Mandarinen seien köstlich, und Hassan würde nicht lange auf sich warten lassen. Und schon zog er sich zurück. In dem nur schwach erleuchteten Raum roch es muffig.

Omar stand noch, als Hassan eintrat. Schweigen. Er umarmte ihn ohne großen Überschwang. Schweigen. Sie nahmen Seite an Seite Platz. Omar wollte nicht der erste sein, der das Schweigen brach. Schließlich war er der Gast. Hassan wirkte besorgt. Er griff nach einer Weintraube und bedeutete Omar, sich gleichfalls zu bedienen, dann überfiel er ihn mit der Frage: „Kann es sein, dass diese Verse von dir stammen:

Das Tavernen-Schild lässt den klammen Trinker verzweifeln
Gleich dem Vollmond-Hof der den Verliebten abweist
Du hoffst auf den Tag um im Boden nach einem Schatz zu graben
Kommst als fröhlicher Nachtfalter dich zu verzehren zurück

Welchen Sinn gibst du diesem Vierzeiler? Ich sehe weder, wie sich die Verse zueinander fügen, noch welcher Ort, welche Umstände zu diesem Gedicht führen könnten. Gewiss, man erkennt eine Absicht, die unmoralisch ist, doch du trägst eine Maske. Hast du Angst vor den Gelehrten und ihrer Zensur? So zaghaft habe ich dich bei unseren Diskussionen im Anschluss an die Vorlesungen nie erlebt. Oder macht dir die Aussicht auf Tod und Abgrund zu schaffen? Jenseits der Fünfzig werden wir erbärmlich mau, ich nehme mich da nicht aus."

Omar wusste nichts zu antworten. Er hörte eine vage Drohung in der Frage. Stotternd brachte er den gewundenen Kommentar hervor, den er seinerzeit vor den gegen ihn eingenommenen Richtern abgespult hatte. Wie traurig das Ganze! Warum lügen? Die Begegnung entwickelte sich nicht so, wie er sich das ausgemalt hatte. Die ganzen Nächte, während derer er sie sich in seinem Kopf zusammengesponnen hatte, haben nicht viel gebracht. Ein verpfuschtes Treffen mehr in seinem Terminplan. Die Zeit ein Mörder! Er ließ sich von Melancholie übermannen. Er dachte: *„Wirklich, ich lebe in sehr finsteren Zeiten."*

Die *„finsteren Zeiten"* sind kein Schicksal. Die Geschichte überfiel ihn in Brocken, als er noch einmal nach Khemissa wollte, um dort das römische Theater zu besichtigen. In seiner Erinnerung war es ein magischer Ort. Doch alle rieten ihm davon ab, sich dorthin zu begeben, die Straßen seien viel zu unsicher. Kein Mensch besuche heutzutage mehr die römischen Ruinen. Er begnügte sich damit, den Tag hinter der verschlossenen Tür seines Hotelzimmers zu verbringen und Hölderlins *Tod des Empedokles* zu lesen. Zur Stunde der Abenddämmerung begab er sich hinaus ins Freie, um sich auf der Hauptstraße die Beine zu vertreten. Lange blieb er vor einem Schaufenster mit Kunsthandwerk stehen. Dann kaufte er, ohne zu feilschen, eine Korallenkette. Nichts wiederholt sich, sagte er sich. Die griechischen Tragöden belächelten hinter ihrer Maske den Dünkel der Götter. Die Deklamation nährt die Illusion gerade so lange, bis Asche das Feuer des Clans überdeckt.

Feldafing, Donnerstag, 24. Mai 2007 -
Le Kremlin-Bicêtre, Montag, 12. November 2007

Anhang

Anmerkungen

Heute lässt sich alles per Mausclick auf der Stelle recherchieren und nachlesen. Die folgenden Anmerkungen erheben daher keinen Anspruch auf Vollständigkeit. Sie verstehen sich, für den Fall des Falles, lediglich als erste Orientierungshilfe.

Regina Keil-Sagawe

das „arabische Telefon“
im Französischen versteht man unter *téléphone arabe* die Mund-zu-Mund-Propaganda bzw. das, was wir im Deutschen „Buschfunk“ nennen

Cousins
gemeint sind die Juden; Muslime wie Juden bezeichnen sich gegenseitig oft als „Cousins“, da die einen Ismael, den Sohn Abrahams und Hagars, zum Stammvater haben, die anderen Israel, den Sohn Isaaks, Enkel Abrahams

krasse Dummheit eines aufrührerischen Raben
Anspielung auf die Legende vom Raben, der einen Sack mit Gold auf die Araber, einen mit Läusen auf die Europäer werfen sollte, das aber verwechselt hat - und zur

Strafe von Allah weiß gemacht wurde. Seit jener Zeit seien die Araber lausig, die Europäer reich. Diese Geschichte ist Teil der mündlichen algerischen Überlieferung. (Erklärung Habib Tengour)

Der Alte vom Berge

1

Canal de l'Ourcq
Im 19. Arrondissement im äußersten Nordosten von Paris gelegen, durchquert der Kanal den Parc de la Villette, in dem sich die großen Pariser Schlachthäuser befanden, die 1974 abgerissen wurden. Heute liegt auf dem Gelände ein immenser Wissenschafts-, Technologie- und Freizeitpark mit futuristischer Architektur. Die für Habib Tengour so typische Vexiertechnik des Spiegelns und Ineinandergleitens von Orten und Zeiten scheint ab dem ersten Satz auf. (Wer mehr darüber erfahren möchte, sei verwiesen auf meinen Essay: „'Von Orient zu Okzident ein Lichtreflex.' Die Spiegelwelten des Habib Tengour." In: *Arabische Literatur, postmodern*, hg. von Angelika Neuwirth, Andreas Pflitsch, Barbara Winckler, edition text + kritik, München 2004)

Alamut
Die Bergfestung, im Jahr 840 im persischen Khorassan in 2100 Metern Höhe gebaut, circa 100 km vom heutigen Teheran entfernt, wurde 1090 von Hassan as-Sabbah, dem Gründer der schiitischen Assassinen-Sekte, in einem Überraschungsangriff unblutig eingenommen. Für 166 Jahre,

bis zur Zerstörung durch die Mongolen, war die Zitadelle Hauptsitz der Sekte. Sowie Zentrum eines Netzwerks weiterer Burgen in Persien und Syrien, die den Sektenmitgliedern (ismaelitischen Schiiten) als Zuflucht bei Konflikten oder Verfolgung dienten. Die Mongolen verbrannten 1256 den Großteil der Bibliothek; ein Erdbeben zerstörte 2004 Mauerteile der monumentalen Festung.

gossen sie Blut in einen schmutzigen Becher
bezieht sich auf die legendäre Blutsbrüderschaft der drei Protagonisten, Omar Khayyam (1048-1131, Nischapur), Nizâm al-Mulk (1018-1092) und Hassan as-Sabbah (1034/59, Ghom - 1124, Alamut), die die Fantasien nachfolgender Jahrhunderte immer wieder beflügelt hat. Sie besagte, dass, wer auch immer von den dreien als erster Karriere macht, dafür Sorge trägt, dass die anderen gleichziehen. Zum Beispiel José Luis Borges berichtet darüber in seinem (dem englischen Übersetzer von Omar Khayyams berühmten Vierzeilern gewidmeten) Kurzessay „Das Rätsel des Edward Fitzgerald“ (in Borges: *Das Aleph*, Fischer 1992, dt. von Gisbert Haefs).

2

das Gedicht der Einsamkeit des weißen Lichts
im Gegensatz zu den meisten anderen Romanciers, die den sagenhaften Stoff des Assassinen-Mythos oder das Leben Omar Khayyams zu Romanen von epischer Breite verarbeitet haben (z.B. Vladimir Bartol mit *Alamut*, oder Amin Maalouf mit *Samarkand*), setzt Habib Tengour das historische Wissen als bekannt voraus und füllt die Leerstellen mit poetischer, mitunter mystisch-surrealer

Imagination. (nicht umsonst wurde für seinen Stil der Begriff *soufialisme* geprägt: als Mix aus Surrealismus und Sufismus).

in seinem zerrissenen Gewand
Anspielung auf den berühmten Ausspruch des islamischen Sufi-Mystikers und Märtyrers Al-Hallâdsch (857-922): *ma fil jubba illâ-llâh* - ‚im Gewand ist niemand außer Gott', durch den sich Al-Hallâdsch mit Gott identifiziert hat. Hassan as-Sabbah hingegen hält sich nur für gott(gleich): Er ist den *tasawwuf*, den spirituellen Weg der Sufis, nicht bis zum Ende gegangen, um sich wirklich mit Gott gleichsetzen zu können und bleibt deshalb nur ein simpler islamistischer Terrorist (Erklärung Habib Tengour).

Hassan as-Sabbah
geb. zwischen 1034 und 1059 in Ghom, gest. 1124 in der 1090 von ihm eroberten persischen Bergfeste Alamut, die er der Legende nach nie wieder verlassen würde. Und von wo aus er als berühmt-berüchtigter „Alter vom Berge" fanatisierte Anhänger seiner schiitischen „Assassinen"-Sekte meuchelnd auf türkische Seldschuken, arabische Emire, christliche Kreuzfahrer loslassen sollte, auf politische Todfeinde, Andersgläubige halt. So jedenfalls die Legende ...

Omar Khayyam
der geniale persische Mathematiker, Astrologe und Astronom, der Pascal und Descartes das Wasser reichen konnte, wurde erst spät auch für seine weltberühmten Vierzeiler, die *Rubaiyât*, bekannt. Dass Goethe primär auf Hafis fixiert ist, hat sicher damit zu tun, dass die ers-

te Übersetzung ins Deutsche erst im Jahr 1909 erfolgte, durch den Diplomaten Friedrich Rosen *(Die Sinnsprüche Omars des Zeltmachers)* - ein halbes Jahrhundert später als die englische Nachdichtung aus der Feder Edward FitzGeralds (1859), die den Weltruhm der *Rubaiyât* begründete. Auch ist Omar Khayyam der Ich-Erzähler im vorliegenden Text, selbst wenn die Erzählperspektive permanent oszilliert. Und hinter Omar Khayyams Nischapur blitzt mehr als einmal das algerische Constantine auf ...

Nizâm al-Mulk
ist hier der Dritte im Bunde: als persischer Großwesir türkischer Invasoren, der den Bogen zwischen diesen und den abbasidischen Kalifen schlägt und sich als pragmatischer, durchsetzungsfähiger Machtpolitiker erweist. Mit ihm beschließt der Autor sein literarisches Experiment, in welchem er drei Prototypen in Szene setzt (den religiösen Fanatiker, den weltfernen Wissenschaftler, den pragmatischen Machtpolitiker) und sich die Frage nach der Verantwortung der Intellektuellen angesichts von Totalitarismus, Korruption und Machtmissbrauch stellt.

Badra
„unbeschreiblich wie die Frau, die man liebt": arabischer Frauenname mit der Bedeutung ‚Vollmond', die ganz am Ende der Geschichte zum Tragen kommt ...

3
Tigditt
historische Altstadt von Mostaganem, einer westalgerischen Hafenstadt, in der Tengour seine Kindheit verbrachte

in die Luft fliegen
Zur Zeit des algerischen Befreiungskriegs explodierte bisweilen eine Bombe in den Kinos der französischen Kolonie Algerien, so auch im Kino von Tigditt (Erklärung von Habib Tengour).

ich bin der Wahre
der berühmte Ausspruch des persischen Mystikers Al-Hallâdsch, *"anâ al-haqq"*, für den er 922 in Bagdad als Ketzer verurteilt und gekreuzigt wurde. Der Ausspruch wird im Sinne des Sufi-Ideals der Eins-Werdung mit Gott, der Auflösung des Ichs in Gott interpretiert.

4
Dschâhiliyâ
die vorislamische Zeit, hier das 6. Jahrhundert, in dem die berühmten arabischen Dichter der Mu'allaqât gelebt haben, Tarâfa, Antara, Imru' al-Qais u.a.m.

Mu'allaqât
wörtlich, „die Hängenden, die Aufgehängten", Name der berühmtesten Lyrik-Anthologie vorislamischer Zeit: der Legende nach wurden diese preisgekrönten Gedichte beim altarabischen Dichterwettstreit an der Kaâba in Mekka aufgehängt, in goldenen Lettern auf Leinen gestickt.

rauchender Trümmer
Anspielung auf den konventionellen Auftakt jedes altarabischen Langgedichts (*qasîda*, „Kasside"), wo als erstes obligatorische Motiv der verlassene Lagerplatz beschworen wird (*al-'atlâl*)

5

ein Mongoleneinfall, der unmittelbar bevorstehe

de facto wurde Bagdad erst im Jahr 1258 von den Mongolen zerstört, doch das Damoklesschwert des Mongolensturms schwebte jahrzehntelang über Persien. Dschingis Khan (gest. 1227) hatte 1215 Peking und 1219 Korea erobert, 1220 Transoxanien mit den Städten Buchara und Samarkand, im Jahr 1221 dann Nischapur zerstört. Während im Westen die Mongolen mit der Schlacht von Liegnitz 1241 definitiv zurückgedrängt wurden, setzten sie Mitte des 13. Jh.s unter dem Dschingis-Khan-Enkel Hülegü zum vernichtenden Schlag auf die Abbassiden an, 1256 fiel Alamut, 1258 Bagdad.

zerriss er seine Tunika

das zerrissene Gewand ist ein der Sufi-Mystik entlehntes Bild, der mystische Begriff des *tamziq* steht für das „Zerreißen", nämlich des Schleiers der Illusion; s. Anm. 2

8

die Nachkommen von Al Abbas

gemeint ist al-Abbas ibn Abd al-Muttalib, ein Onkel des Propheten Mohammed. Im Jahr 750 löste er die Umayyaden in der Regierung des Kalifats ab und wurde zum Begründer der nach ihm benannten Abbasiden-Dynastie, die im Jahr 1258 mit der Eroberung Bagdads durch die Mongolen und die Hinrichtung des Kalifen al-Musta'sim zu Ende ging.

Iblis

im Islam Name des Satans

Gog und Magog
das biblisch-apokalyptische Motiv dieser zwei Völker, die zum Jüngsten Gericht von Satan befreit und mit ihm gemeinsam die Welt zerstören wollen, findet sich in abgewandelter Form auch im Koran (Sure 18, „Die Höhle") und wurde u.a. von der persischen Miniaturmalerei des 16. Jh.s aufgegriffen

Al-A'schâ (590-629)
berühmter Zeitgenosse der Mu'allaqât-Dichter, dessen Werk bisweilen den Mu'allaqât zugeordnet wird

9

Alp Arslan
geboren 1029 oder 1030, war von 1063-1072 Sultan des Großseldschukenreichs (1038-1194), das von seinem Vater, Tschagri-Beg (989-1060) und dessen Bruder Tughrul-Beg (990-1063) mit der Eroberung der Provinz Khorassan begründet worden war. Mit der Einnahme Bagdads 1055 avancierten die türkischen Seldschuken dann zur Schutzmacht über das in Bagdad residierende Abbassiden-Kalifat. Als Nomadenvolk übernahm es die eingesessene persische Verwaltungselite, darunter auch Abu Ali Nizâm al-Mulk, der als Großwesir Alp Arslans und dessen Nachfolgers Malik Schah I. das Sultanat zur Hochblüte brachte.

Azrael
im Islam der Todesengel

Durch das Volk und für das Volk
Slogan, der auf den Spruchbändern der algerischen Revolution prangte: *Min ach-chaâb wa ilach-chaâb*

die Liebesdichtung der Beni 'Udra
in Meyers Großem Konversationslexikon von 1905 sehr schön erklärt: „Beni Asra (genauer 'Odhra), südarab. Volksstamm, dessen Angehörigen man die heftigste und zugleich keuscheste Liebe nachsagte", ein Motiv, das u. a. von Heinrich Heine in seinem *Romanzero* (1851) im Gedicht „Der Asra" aufgegriffen wurde („... und mein Stamm sind jene Asra, welche sterben, wenn sie lieben.")

Qais ibn al-Mulawwah
legendärer Beduinendichter, mit dem Beinamen „Madschnûn", der (vor Liebe) Besessene. Seine tragische Liebe zur schönen Leila ist Vorlage für die wohl berühmteste, immer wieder neu erzählte Love Story der arabischen Welt aus der Feder des persischen Autors Nizami, *Leila und Madschnun* (um 1180).

Djamîl
Gilt neben Qais und anderen als prominenter Vertreter der altarabischen Liebesdichtung des 8. und 9. Jahrhunderts: jener Ghaselen-Dichtung, die dann im Mittelalter auf dem Umweg über Spanien großen Einfluss auf die europäische Troubadourlyrik ausüben sollte.

10
dem Dichter, den er liebte
das nachfolgende Gedicht stammt aus der Feder des griechischen Literaturnobelpreisträgers Giorgos Seferis. Es trägt den Titel „Flucht" und wurde von mir nach der französischen Vorlage übersetzt, da sich in der 2017 erschienenen Seferis-Werkausgabe *Logbücher* (Elfenbein-Verlag,

übersetzt und kommentiert von Andrea Schellinger) leider keine deutsche Fassung fand.

11

Amt des Nizâm al-Mulk

Abû 'Alî, mit vollem Namen ... al-Hasan ibn 'Alî ibn Ishâq at-Tûsî (1018 in Tûs in der Provinz Khorassan geboren), der seit 1043 im Dienst der Seldschuken stand, wurde 1063 von Alp Arslan wegen seiner überragenden Leistungen zum Großwesir mit dem Ehrentitel Nizâm al-Mulk (arab. „Ordnung" oder „Verwalter des Reichs") ernannt. 1072, nach dem Mord an Alp Arslan, blieb er unter dessen Sohn und Nachfolger Malik Schah I. (1055-1092) weiter Wesir, avancierte de facto aber zum Regenten des Großseldschukenreichs. Seinen Zeitgenossen galt er als genialer Staatsmann, Feldherr und Gelehrter, seine rätselhafte Ermordung im Jahr 1092 markiert den Anfang vom Ende des Großseldschukenreichs.

12

Kalenderreform

1073 erhielt Omar Khayyam vom Seldschuken-Sultan Malik Schah I. den Auftrag, eine Sternwarte zu bauen und einen Sonnenkalender zu erstellen. Sein auf Basis der zoroastrischen Zeitrechnung entwickelter und seit 1079 gültiger Kalender, auf dem noch der heutige persische Kalender beruht, soll genauer sein als der 500 Jahre später erstellte Gregorianische Kalender.

Lösung der algebraischen Gleichungen

zum Beispiel löste er allgemeine algebraische Gleichungen

dritten Grades mithilfe von Kegelschnittkurven ... Weiterführende Info aktuell bei Sebastian Linden, *Die Algebra des Omar Chayyam* (Springer, Berlin/Heidelberg 2017)

Yâ leyl yâ 'ayn
„Oh Nacht oh Auge" - Refrain arabischer Lieder

14
Schmerzhaftes Vermächtnis
im Französischen „Dépôt douloureux", und gemeint ist hier das, was im Katholizismus analog „Depositum fidei", „Glaubensgut/schatz/vermächtnis" heißt

15
Sidi Abdelqader
bezieht sich auf den persischen Mystiker ‚Abd al-Qâdir al-Dschîlânî (1077/78 Provinz Gilan - 1166 Bagdad), einen der größten Sufimeister des Islam, auf den die Qâdirîya, eine der bis heute am weitesten verbreiteten Sufibruderschaften in der gesamten muslimischen Welt, zurückgeht.

16
Herr der Stunde
analog dem Messias kennt der schiitische Islam den „Mahdi" oder „Verborgenen Imam", der zur Stunde des Jüngsten Gerichts auf die Erde zurückkehren soll. Im Arabischen trägt er auch den Beinamen „Herr der Stunde", „*Moulay-Saa*". Dieses Konzept der weltlichen Entrücktheit/Verborgenheit *(ghaiba)* eines Imams und seiner Wiederauferstehung zum Weltende wurde mitunter auch genutzt, um ihn vor politischer Verfolgung (etwa durch die

sunnitischen Seldschuken oder Abbasiden) zu schützen. So die Strategie, die auch Hassan as-Sabbah verfolgte.

17

Assassinen

die Ende des 11. Jahrhunderts in Persien durch Abspaltung entstandene schiitisch-ismaelitische Sekte der Nizariten ist unter dem Namen „Assassinen" in die Chronik des Abendlandes eingegangen. Ihr berüchtigter Anführer, Hassan as-Sabbah, soll seine Anhänger im Haschisch-Rausch dazu gebracht haben, ohne Rücksicht aufs eigene Leben politische Gegner (mehrheitlich sunnitische Fürsten, Kadis, Muftis oder Statthalter, seltener christliche Kreuzfahrer) zu ermorden. So gelten die Assassinen als die ersten islamistischen Selbstmord-Attentäter der Geschichte. Ihr Name, eigentlich wohl abgeleitet von „Haschischin" - „Haschisch-Esser", ging ins Französische *(assassin)* oder Italienische *(assassino)* ein mit der Bedeutung „Mörder". Die „Assassinen" waren eine radikale Abspaltung der Nizariten, die heute mit weltweit rund 20 Millionen Anhängern die zweitgrößte schiitische Glaubensgemeinschaft sind. Heutiges Oberhaupt der Nizariten, als ihr 49. Imam, ist niemand anderer als der Aga Khan.

18

Najrân

Oase, heute Ruinenstätte im äußersten Südwesten Saudi-Arabiens, an der Grenze zum Jemen, wo zu Lebzeiten des Propheten Mohammed und noch in späteren Jahrhunderten eine große christliche Gemeinde lebte.

Seine Brust hatte sich geweitet
Verweis auf die 94. Koransure, „Das Weiten", in der Gott dem Propheten Mohammed die Brust weitet, damit dieser das religiöse/mystische Wissen in sich aufnehmen kann.

19

„... *oh du Seele, die du Ruhe gefunden hast ...*"
Vers 27 der 89. Koransure „Die Morgendämmerung", die wie folgt weitergeht: „... kehre zu deinem Herrn zufrieden und mit Wohlgefallen zurück. Tritt ein unter Meine Diener, und tritt ein in Meinen Paradiesgarten." (zitiert nach der Webseite islam.de).

maqâm nahawand
maqâm (arab., eigtl. „Standort, Station"), bezeichnet hier den Modus in der arabisch-persischen Musik; es gibt Hunderte von Modi, und vielen wurden bereits zur Zeit der Abbasiden therapeutische Qualitäten zuerkannt. *Nahawand*: nach einer persischen Stadt

20

(Am Rande) der zwei Welten:
dem Koran entlehnter Ausdruck, der dort sehr häufig vorkommt. Nur wird die koranische Formel „Herr beider Welten", „Herr der zwei Welten", i.e. der Lebenden und Toten, des Ostens und Westens, des Himmels und der Erde etc., die im Arab. durch den Dual (*el-Alamayn*: ‚die zwei Welten') indiziert wird, in den gängigen Koran-Übersetzungen meist mit einfachem Plural übersetzt.

Traditionarier
Anhänger bzw. Verfechter des auf die Sunna, also die

Sprüche und Taten des Propheten Mohammed zurückgehenden islamischen Traditionalismus, der sich im 8. und 9. Jh. mit der schriftlichen Fixierung der Überlieferung herausbildete und zur Basis für die islamische Rechtsprechung wurde. Man nennt sie auch *ahl al-hadîth* - „Leute der Überlieferung", im Gegensatz zu den *ahl al-ra'y*, den Anhängern einer subjektiven Lehrmeinung.

21

Bäuerin mit ihrer Sichel-Frisur

surrealer Anblick, den manche algerische Bäuerinnen bieten, wenn sie auf dem Weg zum oder vom Feld die Sichel statt in der Hand über ihrem Kopftuch tragen, aufgesetzt wie einen Helm (Erklärung Habib Tengour).

23

Miniaturen von Schiraz

im 13. und 14. Jahrhundert, als der Dichter Hafis lebte, war der Höhepunkt der persischen Miniaturmalerei in Schiraz. (Zu der Zeit waren der historische Omar Khayyam, der historische Hassan as-Sabbah längst tot ... ein clin d'oeil auf die dichterische Freiheit.)

24

Persönliches Notizheft Nr. 6

hier folgt das komplette „Cahier personnel N° 6" des Marquis de Sade, das man unter dem Titel „De l'estime due aux écrivains" - „Von der Wertschätzung, die man den Schriftstellern schuldet" - zum Beispiel in folgender (auch online verfügbarer) Edition nachlesen kann: Donatien Alphonse François de Sade, *Cahiers personnels; Notes pour les Journées de Florelle; Adélaïde de Brunswick,* Texte établi par Gilbert Lely; Paris: Jean-Jacques Pauvert 1966, pp. 9-47. Da keine deutsche Übersetzung dieses spannenden Dokuments vorlag, wurde es im Abgleich mit der genannten Edition hier erstmalig übersetzt.

Journal des débats
Das „Journal der Debatten" erschien von 1789 bis 1944 in Paris und war eine einflussreiche, vielgelesene Zeitung, die nach Napoleons Staatsstreich zum Sprachrohr der Monarchisten wurde. Pikant in unserem Kontext ist ein Urteil der Stuttgarter Neckar-Zeitung vom 22. 9. 1822: „Das *Journal des Débats* ist, im allgemeinen, mit Talent geschrieben, lange Zeit hatten die gesunden Grundsätze in der Literatur keine andere Zuflucht." (zit. nach Wikipedia)

25. Messidor des Jahres XI
entspricht dem 13. Juli 1803

25
sie hatten Al-Hallâdsch gekreuzigt
„Man setzte ihm eine Krone auf, schlug ihn halb tot und stellte ihn anschließend auf einem Kreuz zur Schau. Er starb am Folgetag." (Wikipedia, s.v. Al-Hallâdsch); siehe auch Anm. zu 2

„... Und dass sie sagen, was sie nicht tun?"
Koransure 26, „Die Dichter", Vers 225-226, zit. nach: *Der Koran,* aus dem Arab. von Max Henning, überarbeitet von Murad Wilfried Hofmann, Diederichs: München 1999, 2. Auflage 2001, Seite 303

26
Der Fürstenspiegel
Das berühmte *Siyâsatnâma* des Nizâm al-Mulk gilt als orientalischer Vorläufer und Modell für Macchiavellis *Il Principe*. Erstmals aus dem Persischen ins Deutsche übersetzt von Karl Emil Schabinger (1960), liegt es aktuell unter dem Titel *Das Buch der Staatskunst*, hg. von Karl Friedrich Schabinger Freiherr von Schowingen vor (Zürich, Manesse 1987).

27
Al-Ghazâlî
einer der bedeutendsten Denker des Islam (1058-1111), von Nizâm al-Mulk 1091 zum Philosophie-Professor an die Bagdader Hochschule Nizamiyya berufen. Galt auch als wichtiger politischer Berater. Nach der Ermordung Nizâm al-Mulks (1092) geriet er in eine spirituelle Krise, gab seine Professur auf (1095) und wandte sich dem Sufismus zu.

29
El Hamma
Ortschaft mit Quellen und Thermalbädern in der Umgebung der algerischen Stadt Constantine

31
Gewimmel mannbarer Wölkchen
im Französischen ein so hübsches Bild, das die Übersetzerin es hier nicht unterschlagen möchte: „moutonnement de nuages nubiles“. Verständlich nur dem, der die algerischen Frauen in ihrer traditionellen weißen Tracht, dem Haik, vor Augen hat.

33

Seine Mörder terrorisierten das Reich

Militärisch seinen Feinden weit unterlegen, verlegte sich Hassan as-Sabbah auf gezielte politische Attentate gegen die Führungsriege der sunnitischen Seldschuken und Abbasidenkalife. Die Morde fanden oft am hellen Tag und in aller Öffentlichkeit statt: Element einer psychologischen Kriegsführung. (Weiterführende Literatur: Heinz Halm, *Die Assassinen.* Geschichte eines islamischen Geheimbundes. Beck: München 2017).

34

Der Mord an Nizâm al-Mulk

fand am 14. Oktober des Jahres 1092 statt, ist aber bis heute nicht geklärt. Als Hauptverdächtige gelten die Assassinen, daneben Malik Schah I. (1072-1092), dessen Gattin oder der von dieser favorisierte Nachfolger für Abu Ali Nizâm al-Mulk. Kurz nach der mysteriösen Ermordung des Wesirs verstarb Malik Schah I. Die ausbrechenden Thronkämpfe führten zur Teilung und schlussendlich zum Niedergang des Großseldschukenreichs (1047-1157), während die Assassinen in Persien ihre Macht für ein ganzes Jahrhundert stabilisieren und ausbreiten konnten.

35

Rückzug in die Verborgenheit

Hassan as-Sabbah wird als „Verborgener Imam“ angesehen, der bei Weltende wieder erscheint; s. Anm. zu 16

37
Nizâmîya
heißen die von Nizâm al-Mulk gegründeten und nach ihm benannten Hochschulen im ganzen Land (Isfahan, Nischapur, Mossul, Basra, Herat und allen voran Bagdad), an die er die angesehensten Gelehrten der Zeit berief.

38
der im vollen Kelch sich spiegelnde Mond
Diese Passage kann nur goutieren, wer sich an dieser Stelle erinnert, dass der Name jener Frau, die alle drei Männer einmal liebte(n), auf Arabisch „Vollmond" heißt ...

39
Es waren einmal in Nischapur ...
Hier fängt die Geschichte von vorne an, und vielleicht ist alles, was man bisher gelesen hat, purer Abglanz von Badras Erinnerung ...

Nacht mit Hassan

Brouhaha
In der dt. Übersetzung von Michail Bulgakows Roman *Das Leben des Herrn de Molière*, dt. von Thomas Reschke, Luchterhand 2006, bleibt der Terminus „Brouhaha" erhalten (S. 106).

Sultan-Galijew
Noch vor dem Alten vom Berge hatte Tengour einen poetischen Roman über Sultan Galijew (1892-1940) verfasst, der ab 1981 als Samisdat in Algier zirkulierte, bevor er in Paris einen Verlag fand (*Sultan Galièv ou La rupture des stocks*, Sindbad 1985). Thema des Buches: der Niedergang des algerischen Sozialismus vor der historischen Folie eines Sowjet-Sozialismus muslimischer Prägung.

la Hora de los Hornos
„Die Stunde der Feuer" (1968) von Fernando Solanas, ein monumentaler Dreiteiler gegen neokoloniale Repression. Mit diesem Film, der als Prototyp eines revolutionären „Kinos der Dekolonisation" gilt, schlug die Geburtsstunde des militanten Kinos in Lateinamerika.

Moutonnière
wörtlich „Lämmerpfad", Name des Schnellzubringers, der in Algier zum Flughafen und in die östlichen Vorstädte führt.

Ich habe bei Borges Verse gefunden
Die zitierte Übersetzung stammt aus Borges' Text „Ars Poetica", in: José Luis Borges: *Buenos Aires mit Inbrunst/ Mond gegenüber/ Notizheft San Martin/ Borges und ich. Gedichte,* aus dem Spanischen von Gisbert Haefs und Karl-August Horst, Carl Hanser Verlag, München 2006, S. 279

Le Muezzin
Im 1968 erschienenen Roman von Mourad Bourboune (*1938) ist ein atheistischer Muezzin, „Said der Stamm-

ler", die Hauptperson. Ein ikonoklastischer, poetischer Text, in dem sich die Wut über ein algerisches Regime Bahn bricht, das aus purer Machtgier und Korruption schon im Jahr 1965 die revolutionären Träume verrät.

Qui se souvient de la mer
phantastischer Roman des Grandseigneur der algerischen Literatur Mohammed Dib (1920-1993), auf Deutsch eine Hörspielfassung: *Und ich erinnere mich an das Meer* (2004) aus der Feder von Helga Walter

Le quai aux fleurs ne répond plus
Deutsch unter dem Titel: *Und ewig schweigt der Quai aux Fleurs* (Mainz, Kinzelbach 1990, aus dem algerischen Französisch von Thomas Bleicher)

Le grain magique
auf Deutsch: *Die Zauberkugel.* Kabylisches Volksgut, aus dem Französischen von Monika Moster (Kinzelbach, Mainz 1998)

Djeddâr-Grabhügel
Ein Ensemble von 13 Berbermausoleen aus dem 6./7. Jh., in der Nähe von Tiaret, 250 km südwestlich von Algier

Abû Nuwâs
lebte von 757-815, war Zeitgenosse des Bagdader Kalifen Harun al-Raschid und gilt mit seinen Wein- und (homoerotischen) Liebesgedichten als erster urbaner Dichter der arabischen Welt.

Ibn al Fârid
einer der größten mystischen Dichter der arabischen Literatur, lebte in Kairo (1181-1235)

Die an den Hauptmast genagelte Golddublone
Anspielung an den Roman *Moby-Dick* (1851) von Hermann Melville. Dort lässt der Kapitän Ahab eine Golddublone an den Mast seines Schiffes nageln, als Lohn für den, der den Weißen Wal als erster sichtet.

als ich den Namen des Übersetzers las
nämlich: der algerische Philosoph und Deutschlehrer Mohand Tazerout (1893 - 1973)

Quien sabe?
(span.) „Wer weiß?"

Grisettenjagd
In manchen Gegenden Algeriens wurden die jungen Frauen wegen ihrer traditionell schwarzen Kopfschleier auch „Grisettes" genannt, im Deutschen wäre das dann die Mönchsgrasmücke, Sylvia atricapilla - lat. „Schwarzköpfchen". (Die Assoziation mit den Pariser Näherinnen und leichten Mädchen greift hier also nicht.)

einen alten Schwarzweißfilm mit Cornel Wilde
„Sturm über Persien - Die Abenteuer des Omar Khayyam", heißt der US-amerikanische Film mit Cornel Wilde, der 1957 in die Kinos kam. Schon hier das Motiv des Kindheitsschwurs der drei Freunde, ewig zusammenzuhalten.

Anstelle eines Nachworts ...

„Ich nehme dich mit in meinen Traum ...“

I.

Nicht umsonst gilt Habib Tengour als *„one of the Maghreb's most forceful and visionary francophone poetic voices of the post-colonial era*“ (Pierre Joris). Noch bevor es die Spatzen von den Dächern pfeifen, spürt der algerische Soziologe und Lyriker, wie die Epoche tickt: „Ich habe schon immer eine Art zeitversetztes Empfinden zu den Ereignissen gehabt.“

Das mag an seiner Herkunft liegen, seinem Lebenslauf. 1947 in der westalgerischen Hafenstadt Mostaganem geboren, dem Mekka maghrebinischer Sufi-Mystik, folgt der Zwölfjährige den Eltern, Aktivisten für die algerische Unabhängigkeit, 1959 ins Pariser Exil, erlebt dort hautnah die 68er-Zeit mit, geht dann 1972 für den Wehrdienst nach Algerien zurück, erst als Offizier der Agrarrevolution, danach als Direktor des neu gegründeten Instituts für Sozialwissenschaften der Universität Constantine. An dieser künftigen Hochburg islamistischer Fundamentalisten sollte 1992 der erste Intellektuellen-Mord jener Terrorserie tödlicher Attentate erfolgen, die während der „Schwarzen Dekade“ der 1990er ganz Algerien erschüttert.

Da ist Tengour gerade wieder in Paris. 1986 war er verhaftet worden, als in Constantine Studentenausruhen ausbrachen - wie sporadisch im ganzen Land im Lauf der 1980er, doch alle Revolten wurden brutal vom Regime unterdrückt. Als sich dann 1990 bei den Kommunalwahlen der Wahlsieg der radikal-islamistischen Partei FIS abzeichnet und Tengours Bücher mit denen anderer kritischer Schriftsteller aus der Stadtbücherei von Constantine fliegen, remigriert er nach Paris. Bis 2015 lehrt er Soziologie und Ethnologie an der Universität Evry, bleibt aber ein Leben lang im dynamischen Spagat zwischen Algerien und Paris, als Grenzgänger und Erforscher algerischer Exilbefindlichkeiten, biographisch wie literarisch: „Das Exil ist mein Beruf. Ihn zu wechseln ist hart“, resümiert er seine Lebens- und Berufserfahrung.

II.

Der Literaturwissenschaft gilt Habib Tengour als Vorläufer der sogenannten zweiten Migrantengeneration, als „Proto-Beur“, war sein frivoler Erstling *Tapapakitaques - La Poésie-île* (1976), eine Art algerischer Odyssee-Travestie, doch auf dem Humus der Pariser Studentenrevolte vom Mai 1968 gesprossen. Als charakteristisch für ihn gilt eine *écriture de la trace*, eine *écriture nomade*, die dem kulturellen Gedächtnis Algeriens im Fadenkreuz west-östlicher Einflüsse nachspürt und Anleihen beim literarischen Erbgut aus Orient und Okzident macht:

Schon früh hat Tengour im französischen Surrealismus, aber auch bei Symbolisten und Romantikern, Novalis und Hölderlin, Analogien zur islamischen Mystik entdeckt, die er theoretisch in seinem vielzitierten „Manifest des maghrebinischen Surrealismus“ (1981) reflektiert, praktisch in jene für ihn so typische, bildhaft-fragmentarische Schreibweise umsetzt, für die die Literaturkritik einen eigenen Begriff geprägt hat: den *soufialisme*, den Mix aus Surrealismus und Sufismus.

Dabei korrespondiert das abendländisch-antike Motiv

des *poeta vates*, des Dichter-Sehers, in dessen Umfeld Tengour sich ansiedelt, durchaus mit dem von ihm gleichfalls ins Feld geführten mystisch-muslimischen Konzept des *kashf al-asrar*, des „Enthüllens von Geheimnissen". Immer wieder betont Habib Tengour, dass Schreiben für ihn ein Akt der „Entschleierung" sei, ein visionärer Vorgriff auf künftige Ereignisse - der ihm de facto ja immer wieder glückt ... indem er paradoxerweise den Kern seiner Aussage verschleiert (nicht zuletzt, um die in Algerien omnipräsente Zensur zu foppen).

So lässt sich Tengours Œuvre über mehr als vier Jahrzehnte hinweg als poetisch verfremdete Chronik des postkolonialen Algerien lesen, mit bitterer Ironie und schwarzem Humor gewürzt, gespiegelt vor dem Hintergrund ferner Epochen, ähnlich den *Persischen Briefen* eines Montesquieu:

III.

1981 antizipiert er mit *Sultan Galièv ou la Rupture des Stocks* - das freilich nur unter der Hand, als Samisdat, zirkuliert - das Scheitern des Sozialismus à l'algérienne auf der Folie der russischen Oktoberrevolution; 1983 spiegelt er im *Alten vom Berge* den über Algerien heraufziehenden Islamismus in der Assassinenbewegung des persischen Mittelalters.

1990 bringt er in der *Bogenprobe* (dt. 1993) vor dem Hintergrund von Odyssee und arabischem Pikaroroman das desperate Lebensgefühl von Algiers Jugend auf den Punkt, Jahrzehnte, bevor der dramatische Exodus übers Mittelmeer dann tatsächlich einsetzt.

Und 2001 schließlich präsentiert er mit dem *Fisch des Moses* (dt. 2004) den ersten Roman zum Thema der „Afghanen": eine Mixtur aus Road Movie und Koranmeditation, die noch vor dem Terroranschlag von 09/11 der Frage nachgeht, was junge Muslime in die Arme fanatischer Islamisten treibt und was von den heimkehrenden Gotteskriegern zu erwarten ist.

IV.

Das hier ist eine wahre Geschichte.
Warum bedrängt sie mich Jahrhunderte danach sie neu zu
durchleben in einem trostlosen Traum?

„Als ich 1978 im Fernsehen die Bilder von Khomeiny sah, der in seinem Exil in Neauphle-le-Château politisch agitierte, keimte die Idee zum *Alten vom Berge* in mir", erinnert sich Tengour. Und so kam es, dass er, noch vor Khomeinys Machtergreifung und der islamischen Revolution im Iran (1979), als erster maghrebinischer Autor überhaupt das Phänomen des religiösen Totalitarismus aufgriff.
Der Text versteht sich als modernes Remake der mittelalterlichen Legende von Hassan as-Sabbah, jenem berüchtigten „Alten vom Berge", der als Gründer der Geheimsekte der Assassinen gilt und in seiner Bergfestung Alamut (in der historischen persischen Provinz Khorassan) 60 000 Anhänger im Haschischrausch zu Terroristen konditioniert haben soll, um politische Gegner auszuschalten. Das Thema hat bekanntlich viele Autoren fasziniert. Doch während die meisten das Geschehen in epischer Breite schildern, Amin Maalouf etwa in *Samarkand* (1988, dt. 1990), oder Vladimir Bartol in *Alamut* (1938), setzt Tengour die Historie als bekannt voraus und füllt mit poetischer Freiheit die Leer-

stellen auf. Im Mittelpunkt seiner „historischen Träumerei“ (Chaulet-Achour) steht dabei die zeitlose Frage nach der Verantwortung des Intellektuellen gegenüber Krieg, Korruption und ideologischer Verhärtung.
Wie im Labor setzt Tengour emblematisch drei historische Gestalten in Szene, Hassan as-Sabbah (gest. 1124), Nizâm al-Mulk (gest. 1092) und Omar Khayyam (1048-1132), drei Männer, die eine fatale Freundschaft eint, da jeder auf seine Art den Radikaltypus des kompromisslosen Wahrheitssuchers verkörpert: der erste den Prototyp des fanatischen Sektenführers und Gotteskriegers, der zweite den skrupellosen Machtpolitiker, der dritte den weltfernen Bewohner des Elfenbeinturms. Das Experiment endet tragisch: Khayyam versäumt in seiner Sternwarte das Leben, derweil Nizâm al-Mulk, historisch (weitgehend) verbürgt, Hassans erstes Opfer wird und seine Frau, die kluge, mysteriöse Badra, einsam und nachdenklich zurückbleibt, als Hüterin der Erinnerung.

V.

So what? Als universelles poetisches Plädoyer für Pluralismus und Toleranz vor dem Hintergrund des Verfalls des einst so glanzvollen kosmopolitischen Abbassidenreichs (750-1258) lässt dieser *Alte vom Berge* sich lesen. Als Warnung auch vor jeglicher Verabsolutierung von Religion, Politik oder Wissenschaft.

Denn von den Schauplätzen des orientalischen Mittelalters, Alamut, Nischapur, Bagdad und Ghom, „zappt“ Tengour bald ins Pariser Migrantenmilieu, bald ins moderne Algerien. Seine dem Kino entlehnte Montage- und Collagetechnik trägt dazu bei, dass sich Fakt und Fiktion,

Mythos und Historie, Epochen und Kontinente untrennbar durchdringen, angefangen beim ersten Satz: „*Canal de l'Ourcq*. Gleich die erste Straße, wenn man vom Uferweg hochkam, führte nach Alamut, einem Abrissviertel ..."

Ein virtuoses Vexierspiel, das eine subtil-sarkastische Gegenwartskritik erlaubt und zugleich vor den Fängen der Zensur bewahrt: „Ein Vogelfänger wurde Kulturminister. Er hatte Papageien dressiert. Sie brachten den jungen Kadern der Nation die verjüngte klassische Sprache bei."
Zudem schärft es den Blick für den zyklischen Charakter der Geschichte, hält das Werk für neue Lesarten offen. Das mag erklären, warum Tengours *Alter vom Berge*, der zu den Klassikern der modernen frankophonen Literatur des Maghreb zählt und 1983 erstveröffentlicht wurde (2008 dann um den Essay „Nacht mit Hassan" ergänzt), bis heute so gar keinen Staub angesetzt hat.
Zahllos die Passagen, die in immer wieder neuen Bedeutungszusammenhängen aufscheinen, wenn das Koordinatensystem der Geschichte am Text vorüberzieht. 1991, als ein erster Textauszug in deutscher Übersetzung erschien, drängte sich die Parallele zwischen dem „Mongolensturm" und dem „Desert Storm" auf, mit dem die USA im Golfkrieg auftrumpften, zwischen Pax Mongolica und New World Order.

VI.

Und heute? Wo immer man das Buch aufschlägt, stößt man auf Schlaglichter zur Lage im postkolonialen Algerien, verdeutlichen Statements wie: „Wir hatten uns vor der Freiheit zu hüten, sie war ein Fremdwort in unserer Kultur, (...) ein Importmodell" den Überdruss des algerischen Volkes

an jahrzehntelanger Gängelung durch ein Regime, das die Werte der Revolution von 1962 verraten hat.
Doch zur Stunde, da ich diese Zeilen schreibe und die Welt mit Spannung auf Algerien schaut, wo das Volk zu einer zweiten Revolution ansetzt, einer „Revolution, wie es noch keine gab“, wie Tengour selbst im Interview mit der Süddeutschen Zeitung (vom 26. März 2019) urteilt, scheint es, als nähme der Traum von Tengours Protagonisten:

> *„Ich nehme dich mit in meinen Traum. (...) Denn es schmerzt mich wie dich auf der Straße jeder Schritt. / So lange geht das nun schon!/ “... wir sollten uns zusammen tun!“*

ein im Maghreb wohl von den meisten gehegter Traum, der sich schon im Arabischen Frühling einmal Bahn gebrochen hat, wieder vehement an Fahrt auf[1]:

Und der Autor? „Ich war kurzfristig immer pessimistisch und langfristig optimistisch, schon weil ich an das algerische ‚Genie‘ geglaubt habe, daran, dass den Algerien so wichtig ist, welches Bild sie in der Welt abgeben. Das alles muss zu einem demokratischen Staat führen.“ So Tengour abschließend im aktuellen SZ-Interview.

Möge die Zukunft den, der sich in seinem literarischen Œuvre stets als so visionär erwiesen hat, auch diesmal nicht dementieren ...

---

1 wie auch der von Hunderten maghrebinischer Intellektueller, darunter Habib Tengour, signierte Appell belegt, der seit 25. März 2019 im Netz kursiert:
https://oumma.com/maghrebins-unis-pour-le-soutien-au-peuple-algerien/

VII.

Doch wie dem auch sei, *Der Alte vom Berge*, der sich versteht als „das Gedicht der Einsamkeit des weißen Lichts, das mitten ins Herz trifft wie ein kleiner scheinbar harmloser Stich", wird die Zeiten überdauern und in künftigen Lesern heute noch ungeahnte Resonanzen wecken.

Michael Braun hat es perfekt auf den Punkt gebracht:

> „Vielleicht kann sich ein Gedicht nur dann entfalten, wenn etwas im Verborgenen bleibt. Es, das Gedicht, will ja nichts auf den Punkt bringen, durch begriffliche Umklammerung unverrückbar fixieren oder etwas im dröhnend Expliziten entblößen, sondern es will eine punktuelle Luzidität, es will eine Spur legen und die Büchse der Pandora öffnen, aus der dann alle Bedeutungen eines Wortes auffliegen können."

VIII.

Und dann kein Wort zur Übersetzung? … … … Die Übersetzerin ist nach bestem Wissen und Gewissen den von Tengour gelegten Fährten gefolgt, auf die sie den Leser, die Leserin nun zu locken versucht, sie mitunter ins Dickicht der Sprache entführend, „auf riskanten Pfaden durchs Unterholz", hier und da weiße Kiesel ausstreuend …

Doch da Habib Tengour nicht zuletzt auch ein *poeta doctus* ist, der sein Textgespinst mit unzähligen intertextuellen Verweisen unterlegt, wurde nicht immer alles bis ins Letzte aufgedröselt … umso herzlicher mein Dank an Stephan Egghart und Hans Thill für ihr kollegiales Lektorat!

Regina Keil-Sagawe
Heidelberg, im März/April 2019

Habib Tengour — Bibliographie

Poetische Prosa

1976

Tapapakitaques – La poésie-île, Chronique 196 567 897 012; Paris: Oswald.

1981/1985

Sultan Galièv ou La Rupture des Stocks, Cahiers, 1972/1977; Paris: Sindbad.

1983/2008

Le Vieux de la Montagne, Relation, 1977/1981; Paris: Sindbad (erweiterte Neuauflage Paris: La Différence 2008, Alger, APIC 2014, suivi de „Nuit avec Hassan").

1990

L'Epreuve de l'Arc, Séances. 1982/1989; Paris: Sindbad (dt. *Die Bogenprobe*, üs. von Regina Keil, Freiburg: Beck & Glückler 1993).

1997

Gens de Mosta, Moments, 1990/1994; Arles: Actes Sud.

2001

Le Poisson de Moïse, Fiction 1994/2001; Paris: Paris-Méditerranée/Alger: EDIF 2000 (dt. *Der Fisch des Moses*, üs. von Regina Keil-Sagawe; Innsbruck: Haymon 2004).

2008

Le Maître de l'Heure, Roman; Paris: La Différence.

2018

Le Tatar du Kremlin. BD fin de siècle. Avec une postface de Jean Portante; Esch-sur-Alzette: Editions Phi.

Lyrik

1981

La Nâcre à l'Ame, Paris: L'Orycte.

1983/2006

L'Arc et la cicatrice, Alger: ENAL, 1983; erweiterte Ausgabe Paris: La Différence, 2006.

1983

Schistes de Tahmad II, Paris: L'Orycte.

1999

Ce Tatar-là 2, Launay-Rollet: Editions Dana.

2002

Traverser, dessin: Abdallah Benanteur; La Rochelle: Rumeur des âges [Inszenierung durch Alain Rais, Théâtre du Lucernaire, 2006].

2002

Epreuve 2, Paris: Dana.

2003

Etats de chose suivi de Fatras: témoignages 1991- 94, La Rochelle: Rumeur des âges.

2004

Gravité de l'Ange, Paris: La Différence.

2004 *Retraite*, Manosque: Le Bec en l'Air, bilingue: arabe-français.

2006 *Césure*, Rennes: Edition Wigwam.

2006 *Il sandalo di Empedocle/La Sandale d'Empédocle*, Genova: Edizioni San Marco dei Giustiniani (Ital. Übersetzung von Egi Volterrani, zweisprachige Ausgabe).

2006 *Traversata decisiva*, Traduzione di Manuela Cardiel. Caltagirone, Altavoz, Zweisprachige Ausgabe.

2008 *Beau Fraisier*, Paris: L'amandier; mit Illustr. von Pascale Bougeault. (dt. *Beau Fraisier. Eine Kindheit in Algier*, üs. von Regina Keil-Sagawe, Berlin: Bübül Verlag Berlin 2019).

2009 *Seelenperlmutt*. Lyrik französisch-deutsch. Aus dem Französ. und mit einem Nachwort von Regina Keil-Sagawe. Berlin: Verlag Hans Schiler.

2010 *L'Ancêtre cinéphile*, Paris: La Différence.

2010 *Césure/Zäsur*, aus dem Französischen von Regina Keil-Sagawe unter Mitwirkung von Stephan Egghart. Programmheft zum poesiefestival berlin, Perleberg/ Berlin: Verlag hochroth.

2017 *Übers Meer.* Poem mediterran. Hg., aus dem Französischen übersetzt und mit einem Nachwort von Regina Keil-Sagawe, Berlin: Verlag Hans Schiler. (zweisprachige Ausgabe von *Traverser*)

Theater

2013 *Captive sans éclat.* Suivi de *L'impromptu de Tigditt.* Alger, APIC Editions, Collection Massrah.

2014 *Salah Bey.* Tragédie bouffe, Alger, APIC Editions, Collection Massrah.

2016 *Traverser.* Poème, suivi de l'adaptation scénique par Alain Rais; Alger: APIC Editions.

Essay

1982 *L'Algérie et ses populations* (en coll. avec Jean Pierre Durand, Editions Complexe, Bruxelles).

2012 *Dans le soulèvement.* Algérie et retours. (Paris: La Différence).

Studien / Interview-Bände

2003 *Habib Tengour ou l'ancre et la vague: Traverses et détours du texte maghrébin,* hg. von Mourad Yelles. Paris: Karthala.

2012 Hervé Sanson: *La trace et l'écho: une écriture en chemin. Entretiens avec Habib Tengour.* Blida: Editions du Tell.

2012 „Les Ecritures nomades de Habib Tengour", (Themenheft der Zeitschrift *Expressions Maghrébines,* Vol. 11/1, koord. von Sonia Zlitni-Fitouri, Barcelona: Centre Dona i Literatura).

2012 *Exile is my Trade - A Habib Tengour Reader.* Selected Poetry and Prose. Edited and translated by Pierre Joris. Commonwealth Books, Black Widow Press.

Tengour als Übersetzer aus dem Arabischen

1996 „La montée du Mont Sinaï", Traduction de l'arabe d'un texte de Chawki Abdelamir. In: *Po&sie* 76 (1996), Paris: Belin, pp. 62-68.

1999 Saadi Youssef: *Loin du premier ciel.* Poèmes traduits de l'arabe par Abdellatif

1999 Laâbi et Jabbar Yassin Hussein, Farouk Mardam-Bey et Habib Tengour, Arles: Sindbad/Actes Sud 1999.

Herausgeberschaft

2007 *Œuvres Complètes de Mohammed Dib*, Tome I: *Poésies*. Edition établie et présentée par Habib Tengour, Paris: La Différence.

2013 *The University of California Book of North African Literature*. Poems for the Millenium, Volume Four, hg. von Pierre Joris und Habib Tengour, University of California Press.

2017 ff. Collection Poèmes du Monde, Editions APIC, Alger.

Im Sujet Verlag erschienen

Der letzte Jude von Tamentit

von Amin Zaoui

Aus dem Französischen von Christine Belakhdar

Roman

203 Seiten, 14,80 € (Softcover)
ISBN: 978–3-944201-39-9
1. Auflage 2014

Das jüdisch-muslimische Paar Barkahoum und Abraham trifft sich zur Mittagszeit stets in der gleichen Pizzeria in Algier. Jeder erzählt seine Geschichten, lässt die Vergangenheit seiner Vorfahren aufleben und flicht dabei Überlieferungen und Legenden mit ein.

Werte und Bräuche, die in jüdischer wie muslimischer Tradition gleichermaßen verankert sind, bilden die im Text stets wiederkehrende Grundmelodie, in der sich Wahrheit und Fiktion ineinander verschachteln. Zeiten friedlichen Zusammenlebens zwischen Juden und Muslimen stehen Intoleranz und Hass gegenüber.

Die beste Art zu lieben

von Akli Tadjer

Aus dem Framnzösischen von

Schirin Nowrousian

Roman

292 Seiten, 14,80 €

ISBN: 978–3-944201-19-1

Said Meziane lebt als Versicherungsmakler in Paris und hat ein schwieriges Verhältnis zu seiner Mutter Fatima, die aus Algerien nach Frankreich gekommen ist. Als sie einen Schlaganfall erleidet, ist sie gelähmt und kann nicht mehr sprechen. In ihrem Kopf aber ist die algerische Heimat lebendig: Ihre Eltern, die sie verliert, die Kindheit als Waise, die Überfahrt nach Frankreich und vor allem das geheimnisvolle Mädchen im gelben Kleid, das immer wieder wie eine verloren geglaubte Sonne aufblitzt und ihre Erinnerungen bis ganz zum Schluss durchzieht.

„Ein trauriger und beklemmender Roman, der so nah am Leben ist, wie es Literatur nur sein kann. Und obwohl sich alles um Vergänglichkeit und das Sterben dreht, ist es doch eine Hymne auf das Leben mit all seinen Widrigkeiten."

Gerrit Wustmann, fixpoetry, 2014

Madame Lafrance

von Maïssa Bey

aus dem Französischen
von Christine Belakhdar

Roman

180 Seiten, 21,90 € (gebunden)
ISBN: 978-3-96202-011-8
1. Auflage 2017

Der Roman umfasst die 132 Jahre währende Geschichte Algeriens unter französischer Kolonialherrschaft. In 25 (Kapiteln) zeichnet die Autorin deren Hauptetappen von der Landung der französischen Armada über den von Emir Abdel Kader geführten Widerstand bis hin zum blutigen Befreiungskrieg, das Wüten der Terrororganisation OAS und die Ausrufung der Unabhängigkeit, die mit einer Fluchtbewegung nahezu aller Algerienfranzosen einherging. Dennoch vermittelt die Autorin das Thema nicht als Historikerin, sondern als Schriftstellerin, die mit Worten spielerisch umzugehen versteht. Durch die Geschichte führt uns das Kind, Hüter der Erinnerung, es ist Beobachter der Situation und zugleich vorsichtiger Kommentator, der im Laufe der Jahrzehnte mehr und mehr Position ergreift.

Die letzte Nacht des Emir

von Abdelkader Djemai

Roman

139 Seiten, 19,80 € (gebunden)
ISBN: 978–3-944201–51-1
1. Auflage 2016

In „Die letzte Nacht des Emir" gelingt es Abdelkader Djemaï, die letzten Stunden des Emirs vor seiner Abreise in ein unbekanntes Land zu beschreiben und gleichzeitig ein Bild Algeriens zur Zeit der französischen Kolonisation zu zeichnen. Der als Emir auftretende Abdelkader ist ein Kriegsherr, aber auch ein leidenschaftlicher Friedenskämpfer. Trotz der Tatsache, dass er ein treuer Anhänger seiner Religion ist, setzt er sich das Ziel, Algerien zu einem modernen Staat zu machen. Als die französischen Truppen in Algerien einmarschieren, muss Emir als Führer aller Gläubigen Widerstand leisten – jedoch ohne Erfolg und für ihn und seine Familie beginnt ein Leidensweg voller Hoffnungen und unerfüllter Versprechen.

Gare du Nord

von Abdelkader Djemai

Aus dem Französischen von András Dörner

Novelle
100 Seiten, 10,80 € (Softcover)
ISBN: 978–3-933995–69-8
1. Auflage 2011

„Mit großer Zärtlichkeit porträtiert der Autor die drei Alten, die einander ein Stück algerische Heimat sind und sich so gegenseitig vor der Vereinsamung in der Fremde bewahren. Gleichzeitig bringt er den europäisch sozialisierten Lesern sanft die Welt der maghrebinischen Einwanderer nahe."

DeutschlandRadioKultur

Abdelkader Djemaï wurde 1948 in Oran, an der algerischen Mittelmeerküste geboren und lebt seit 1993 im Exil in Frankreich. Als Journalist arbeitete er unter anderem mit der von Jean-Paul Sartre gegründeten Zeitschrift „Les Temps Modernes" zusammen. Er ist Autor zahlreicher Novellen, Theaterstücke und Romane.

Tödliche Fremde

von Mahmood Falaki

Roman

317 Seiten, 22,80 €
(geb. mit Schutzumschlag)
ISBN: 978-3-96202-022-4
1. Auflage 2018

Seinen neuen Roman „Tödliche Fremde" nutzt Mahmood Falaki zur Thematisierung der aktuellen „Fremden" Problematik und Erkundung universeller zwischenmenschlicher Komplikationen um Liebe und Tod.
„Wo beseitigt man in Hamburg eine Leiche?" Das ist nur eine von vielen Fragen, die den Protagonisten Nima, einen 43-jährigen Hamburger Lehrer beschäftigen. Um ihn herum scheinen alle nicht mehr ganz bei Trost zu sein. Sein Kumpel Heiko will, dass er mit seiner Frau schläft. Sein Freund Bardia, ein geflüchteter mittelloser iranischer Dichter, verwickelt sich in Rauschgiftgeschichten und einen Mordfall.
Um diesem Irrsinn zu entfliehen, bricht er zu einer Reise in sein Herkunftsland auf, den Iran. Im Iran erlebt er nicht nur einen Kulturschock, sondern auch Korruption, Unterdrückung und Behördenwillkür. Mit Nimas Augen blickt auch der Leser in das wahre Gesicht eines autoritär-religiösen Systems, das die Menschen zwingt, merkwürdige Wege zu finden, um die islamischen Gesetze zu umgehen und der Repression auszuweichen.

„Tödliche Fremde" wird somit zum vieldeutigen Titel eines höchst zeitgemäßen Romans, der die Probleme, die allenthalben debattiert werden, aus der Perspektive der Betroffenen thematisiert."

Gerrit Wustmann